Christian August Vulpius

Liebesproben

Lustspiel in drei Aufzügen

Christian August Vulpius

Liebesproben
Lustspiel in drei Aufzügen

ISBN/EAN: 9783743363632

Hergestellt in Europa, USA, Kanada, Australien, Japan

Cover: Foto ©Andreas Hilbeck / pixelio.de

Manufactured and distributed by brebook publishing software (www.brebook.com)

Christian August Vulpius

Liebesproben

Liebesproben

Original-Lustspiel in drei Aufzügen

von

C. A. Vulpius.

Fra quanti amor, fra quanti fedi al mondo
Mai si trovar, fra quanti cor costanti,
Era quante o per dolente, o per giocondo
Stato, fer prove mai famosi amanti.

Ariosto.

Baireuth,
bei Johann Andreas Lübecks Erben
1790.

An die Leser und Schauspieldirekteurs.

Dieses Lustspiel hatte das Glük, hier in Leipzig, wo ich es schrieb, und wo es von der Secondaischen Schauspielergesellschaft zum erstenmal aufgeführt wurde, so zu gefallen, daß wirklich meine Erwartungen von der Wirkung desselben übertroffen wurden. Dieses veranlaßte mich, auf Ersuchen, zwei Fortsezungen desselben, unter den Titel:

Ehestandsproben, Lustspiel in vier Aufzügen,

und:

Glüksproben, Lustspiel in vier Aufzügen,

ir das Theater zu schreiben. Diese beiden
folgestücke mit dem gegenwärtigen Lustspiele
ugleich drucken zu lassen, verhindern mich
inige Umstände. Ich muß daher diejenigen
uswärtigen Theater, welche dieselben zu be=
itzen wünschen, bitten, sich wegen derselben,
ntweder vor der Hand, an mich selbst, oder
in die Verlagshandlung der Liebesproben,
u wenden. —— Nachfolgende Bemerkun=
zen bitte ich, in die Rollen der Schauspieler
chreiben zu lassen.

Bemerkungen über die Karaktere.

Edler von Silberklee. Ein alter, ein=
getrokneter, verliebter und interessirter Gek,
welcher zuweilen gern bonmotisirt. Er trägt
eiche Kleider, und spielt den alten Petitmaitre.

Ulrike, einfach gekleidet, am besten, weiß
mit rosenrothen Bandschleifen. Sie ist verliebt,
und ihre Liebe hat einen romantischen, schwär=
merischen Anstrich. Im dritten Akt ist sie in der
Szene mit Alexandern, etwas zurükhaltend,
aber zärtlich.

Lina, neugierig, listig, gewand, neckend,
voller Laune. Gut gekleidet.

Fräul.

Fräul. Hildegard. Sehr Affektirt und verliebt. Spricht jedes fremdes Wort mit französischen Akzent aus. Sie ist eine alte Puzdocke. Die Schauspielerin vergesse nicht, einige Schminkpflaster aufzulegen, Uhren anzuhängen, eine Lorgnette, Schnupftabaksdose und einen Fächer zu führen.

Luise, ein gutes Mädchen, nicht allzuwizig, doch etwas neugierig. Gepuzt, wie ihr Fräulein, deren Manieren sie nachahmt, auch eine Tabaksdose führt.

Alexander. In Uniform, galant. Eigentlich ein Bonvivant. Verliebt, edel und zärtlich, aber alles mit Prätension.

Franz. Ein französirender Windbeutel, gut gekleidet, voller Eigenliebe, schneidet gern auf, macht sich familiär, und giebt sich oft falsche Airs.

Florentin. Ein Avanturieur voll Laune und Gewandheit. Als Seeoffizir, verstellt, rauh. Seine Kleidung, ist im Stück angegeben.

Moses, nicht schlecht gekleidet, sondern wie ein Jude, der in vornehmen Häusern Zutritt hat.

Herr Simon. Karrikatur. Strümpfe, Hosen, Weste, Rock, jedes von anderer Kouleur. Eine Stutzperücke auf, und eine lang-

her=

heraushängende Serviette in der Tasche. Er ist eingebildet, etliche 50. Jahr alt, will auch galant seyn. Trägt eine altväterische seidene Weste, und lange Uhrkette.

Matthias. Ein Mensch, ohne viel Manier der sich zu allem willig gebrauchen läst.

Liebesproben.

Personen.

...bler von Silberklee.
...lrike, seine Nichte.
...na, ihre Kammerjungfer.
...äulein Hildegard von Blumenberg.
...se, ihre Kammerjungfer.
...xander von Rosenbach.
...nz, sein Bedienter.
...rentin van der Welle.
...es, ein Jude.
...: Simon, Gastwirth zur goldnen Flamme.
...thias.
...kanten. Träger.

[Die Szene ist in einem Bade.]

Erster Aufzug.

[Saal mit Seitenthüren zu vier Parthien von Zimmern und doppelten Hinterthüren.]

Erster Auftritt.

Musikanten [spielen] **Franz und Lina** [tanzen einen Walzer] **Herr von Silberklee** [kömmt in den Saal zu einer Hinterthür, mit Huth und Stock herein.]

Hr. v. Silberklee. [sieht einige Augenblicke zu.] Bravo! — wartet, ich will den Takt dazu schlagen! — [hebt den Stock auf.]

Lina. Ach! ums Himmelswillen!
[läuft davon.]

Hr. v. Silberk. Und Er Mußge Taugenichts, ist so frech, hier auf diesem Saale zu tanzen?

Franz. Sie nehmen mir's nicht ungnädig, so frech bin ich.

Hr. v. Silberk. Hab' ich dir und deinen saubern Herrn, nicht schon lange das Haus verboten?

Franz.

Franz. Das haben Sie freilich gethan, aber, nehmen Sie mir's nicht ungnädig — dies Haus hier, ist ein Gasthof, und wir haben uns eben hier eingemietet.

Hr. v. Silberk. Eingemietet?

Franz. [sieht nach der Uhr.] Schon seit einer Stunde und 14 Minuten. — Diesem Saal, hat uns der Herr Wirth gegen ein Gratial zu unserm nur beliebigen Gebrauche überlassen. —

Hr. v. Silberk. Wie?

Franz. Umsonst, hat er's nicht gethan, das muß ich ihm nachsagen, wir haben unser Recht also dadurch erlangt, wodurch man's heutiges Tags am besten erlangen kann, das heißt, wir haben's bezahlt. — Weil wir nun beide, Ich und mein Herr, sehr grose Liebhaber von Musik und Tanz sind, so haben wir diese ehrlichen Leute dort, gleich auf vier Wochen engagirt.

Hr. v. Silberk. Was?

Franz. Sie formiren also gleichsam unsere Kapelle, und ihr Dienst besteht darinne, uns des Morgens mit blasenden Instrumenten aus dem Schlafe zu wecken, alsdenn aufzuspielen, wenn wir Lust bekommen zu tanzen;

zu spielen, wenn wir Konzerts geben, welches beinahe alle Tage geschieht; mir, weil ich gewohnt bin jeden Tag, zwanzig bis dreißig Operarien mit Begleitung der Instrumente zu singen, zu akkompagniren; wenn wir Gesellschaft haben, Tafelmusik zu machen, und uns endlich des Morgens gegen 2, 3 Uhr in den Schlaf zu spielen. —

Hr. v. Silberk. Des Morgens gegen 2, 3 Uhr.

Franz. Eher gehen wir nicht zu Bette. Bis Mitternacht bleiben wir in Gesellschaft, und alsdenn studieren wir bis gegen 2, 3 Uhr.

Hr. v. Silberk. Ihr studiert? Das mag ein schönes Studium seyn, auf welches ihr Euch legt!

Franz. Allerdings ein schönes Studium, denn wir machen Verse, Logogryphen, Charaden ꝛc. schreiben Lustspiele zum Todlachen, und Trauerspiele zum Todweinen.

Hr. v. Silberk. Das sind ja wahre mörderliche Studia!

Franz. Es sind die neusten. — Wenn man nun so ein paar Duzzend Elegien geschrieben, und etliche Akten voll Jammer und Mord entworfen hat, so erhizen die tragischen
Bilder

Bilder die Phantasie, und man könnte natürlich kein Auge zu thun, wenn man sich nicht übertäuben und mit Trompeten und Pauken in den Schlaf wollte wiegen lassen.

Hr. v. Silberk. Was? mit Trompeten und Pauken?

Franz. [nimmt eine Priese.] Foi de moi!

Hr. v. Silberk. Mit Trompeten und Pauken!

Franz. Sie wundern sich darüber? Ich mich gar nicht! Sagen Sie mir, giebt es eine schicklichere Musik welche unsern Ideen und Bildern mit welchen wir uns zu Bette legen, angemessener ist, als das prachtvolle Geräusch, das erhabne, königliche musikalische Getümmel der Trompeten und Pauken?

Hr. v. Silberk. Und wie geht's denn nun den Leuten, welche auch hier wohnen, und schon im festen Schlafe liegen, wenn eure Hexenmusik anhebt?

Franz. [nimmt eine Priese.] Sie wachen auf.

Hr. v. Silberk. Davor bedanke ich mich!

Franz. Obligirt!

Hr.

Hr. v. Silberk. Wer mir meinen ersten Schlaf raubt, der ist mein ärgster Feind auf Gottes Erdboden.

Franz. Sie riskiren nichts dabei. Denn, schlafen Sie so fest, daß Sie die Musik nicht hören — eh bien! wachen Sie auf — eh bien, so hören Sie zu, und schlafen wieder ein, wenn sie vorbei ist.

Hr. v. Silberk. Daraus wird nichts!

Franz. So bleiben Sie munter — eh bien!

Hr. v. Silberk. Serviteur!

Franz. Le votre!

Hr. v. Silberk. Das kann ich nicht zugeben.

Franz. So geben wir's zu. Wir sind in allen Fällen ausserordentlich diskret, das muß man uns lassen. —

Hr. v. Silberk. [hämisch.] Die Diskretion selbst!

Franz. Nichtwahr? — Ja! das müssen uns sogar unsre Feinde nachsagen. Das erste Gedicht, welches ich wieder für irgend eine poetische Blumenlese arbeite, soll auch ein Loblied der Diskretion, und zwar, nach

der

der neusten Mode, in Hexametern und Pentametern, seyn.

Hr. v. Silberk. So?

Franz. So bald meine neue Kantate Polyphämos, fertig ist, soll's an das Gedicht kommen. — Ich komponire meine Kantate selbst. — Apropos! [zieht Noten aus der Tasche.] ich will Ihnen doch gleich das erste Chor, welches die Gefehrten des Vielerdulters Odüssous singen, vorspielen lassen. Sie werden hören —

Hr. v. Silberk. Ich kann mir's schon vorstellen, was ich hören werde! — Bemühe Er sich meintwegen nicht im geringsten. Ich will's für geschehen annehmen.

Franz. Es ist in Gluckscher Manier. —

Hr. v. Silberk. Schon gut! [nimmt ihn bei der Hand.] Sag er mir doch einmal, guter Freund, warum ist denn sein Herr wohl auf den Einfall gekommen, hieher zu ziehen?

Franz. Hm! — das weis ich nun so eigentlich selbst nicht! Vermuthlich, wegen der schönen Aussicht auf die Promenade. —

Hr. v. Silberk. Wegen der Aussicht nach meiner Nichte, will er sagen. Er hat ein Plänchen — das merk' ich wohl — aber

aber — es wird nichts daraus! Sag er seinem Herrn nur, ich sey nicht so dumm, als ich aussäh, ich merkte wo er hinauswollte, ich würde ihn auslachen, und wenn er sich noch so viele Mühe gäb, und sich noch so sehr in Unkosten steckte. — [vertraut.] Es würde nichts d'raus! versteht er mich? — Serviteur! [geht ab.]

Zweiter Auftritt.

Franz.

[sieht ihm nach.] Was hält mich denn ab, daß ich dem nagelneuen Kavalier aus der Wechselbank, nicht ein paar Duzzend Verwünschungen aus dem Schlußchor der Zyklopen, aus meiner Kantate, an den Hals werfe? — [geht umher und nimmt stark Tabak.] Ich werde, ich will, ich muß mich rächen! — es ist beschlossen! — Wenn er seine Mittagsruh hält, will ich ihn mit einem Chore aus meiner Kantate aufschrecken, daß ihm Hören und Sehen vergehen soll!

[eilt nach der Thür.]

Dritter

Dritter Auftritt.

Franz. Lina.

Lina. [kömmt ihn entgegen. — Mit tragisch-befehlender Geberde.] Steh!

Franz. Was giebts?

Lina. [in ihrem natürlichen Tone.] Das wollte ich dich fragen.

Franz. Je nu! ich habe deinem Herrn ein wenig den Text gelesen.

Lina. Oder er, dir.

Franz. Ich trug den Sieg davon, denn er verließ das Schlachtfeld, und ich blieb auf dem Wahlplatz.

Lina. Du bliebst? —

Franz. Am Leben, versteht sich, ma belle? sonst könnte ich ihn nach Tische nicht mit dem Chore: „Wir landen! wir landen!" — um seine Sieste bringen.

Lina. Aber, unter uns Franz, es scheint, als hätten wir eben keine sonderlichen Progressen von Eurer Einquartirung, zu erwarten.

Franz. Ich will erst meine Kapelle beurlauben — [winkt den Musikanten, welche abgehen.] und nun will ich dir meine Meinung sagen. Ich

Ich denke, daß ihr durch unsre Einquartirung allerdings viel gewinnt, denn vors erste habt ihr das Glück uns wenigstens immer zu sehen —

Lina. Wir sind so neugierig eben nicht!

Franz. Ihr seyd ja Frauenzimmer! — vors zweite, sind wir gleich bei der Hand, wenn etwas vorfallen sollte, und können uns unsre Meinungen und Thaten gleich notifiziren, wenn sie einer Notifikation bedürfen.

Vierter Auftritt.

Vorige. Alexander [in Uniform.]
Ulrike.

Ulrike. [sieht, indem Alexander zur Hinterthür hereinkömmt, zur Thür ihres Seitenzimmers, mit dem Kopfe heraus.]

Alexander. [eilt auf sie zu.] Meine Theuerste! —

Ulrike. St! st! [wirft ein Zettelchen heraus, und geht schnell wieder hinein.]

Alexand. [hebt das Zettelchen auf.] Nun?

Franz. Aha! vermuthlich, ein Manifest. —

Alexand. Mit Bleistift geschrieben. —

B   Franz.

anz. Man hat nicht immer Tinte
r Hand. —

ex. (liest.) „Mein Onkel, will aus-
"

anz. Daß Gott erbarm!
na. Da hast du's!
ex. Der Herr Onkel soll's bleiben laß

na. Das wird er aber nicht thun.
ex. Was ist anzufangen?
na. Wir müssen Kriegsrath halten.
ex. Schaff Wein!
anz. Rheinwein oder Burgunder?
ex. Was du willst. —
anz. Was ich will? — Rhein-
(ab.)

Fünfter Auftritt.
Alexander. Lina.

lex. Hat dein Fräulein wohl Herz ge-
sich entführen zu lassen?
na. Je nun — wenn's nicht anders
varum nicht?
lex. Ich sehe sonst kein Mittel, sie zu

Lina.

Lina. Ich auch nicht. Denken Sie nur, morgen schon, will sich der Hr. v. Silberklee mit ihr trauen laſſen. ——

Alex. Das ſoll er ſich ſchon vergehen laſſen. —— Wir wollen ſehen, wer das Glück hat, die Braut heimzuführen.

Lina. Aber wie wird's denn mit mir? Sie werden mich doch auch mitnehmen? Der Herr v. Silberklee könnte ſonſt ſeine Rache an mir auslaſſen, und mich heurathen wollen.

Alex. Das wär eine verdammte Rache! —— Wenn du ſonſt nicht Luſt haſt, Frau v. Silberklee zu werden, ſo fürchte nichts. Du gehſt mit uns.

Sechſter Auftritt.

Vorige. Franz [mit einer Bouteille Wein und zwei Gläſern.]

Franz. [ſetzt ſie auf den Tiſch.] Hier! [ſchenkt ein.] Haben Sie ſchon deliberirt? Was haben Sie beſchloſſen?

Alex. Eine Entführung [trinkt.]

Franz. Nun! da giebts Gelegenheit ſich hervorzuthun, und die Kräfte ſeines Verſtandes auf die Probe zu ſtellen.

[hinter der Scene wird geklingelt.]

Lina.

Lina. Das gilt mir.

Franz. Suche dein Fräulein auszuforschen — verstehst du?

Lina. An mir soll's wahrhaftig nicht liegen, wenn aus der Entführung nichts wird. — Ich weis nicht, 's ist gar ein scharmanter Gedanke, entführt zu werden! man liest immer so viel von Entführungen, und es kömmt so selten so etwas zum Vorschein, daß man beinahe gar nicht mehr daran glaubt. Hören Sie! und sollt's auch auf unsre Unkosten gehen, [treuherzig] man muß wirklich einmal ein Exempel statuiren! [ab.]

Siebenter Auftritt.

Alexander. Franz.

Franz. Ja! ja! 's soll auch auf eure Unkosten geschehen! — Wenn sie kein Geld mitnehmen —

Alex. So können sie sich selbst entführen. [sezt sich und schenkt ein.]

Franz. Sie sind ja so verdrüßlich? — die zwanzig Dukaten sind gewiß fort?

Alex. (seufzend.) Ja! sie haben sich auf den Weg gemacht! (trinkt.)

Franz.

Franz. Glükliche Reise! — 's ist aber doch verdammt, daß kein Geld bei uns bleibt. Auf Krücken kommt's und mit Flügeln geht's fort. — Bei der Liebe, ist's just umgekehrt. —

Alex. Da hast du recht! — Ich bin verliebt, wie ein Minnesänger. —

Franz. Das ist mir schon bekannt!

Alex. Und arm, wie ein Epopéendichter.

Franz. Wir liegen an einerlei Krankheit. — Der Himmel gebe nur baldige Genesung!

Alex. Wenn ich im Spiele so glüklich wär, wie in der Liebe. —

Franz. Sie müsten ein Millionär seyn. — Ach! ich auch! Ich wollte Flotten in der See haben, wenn die Liebe ihre Prozente in Golde gewährte. Aber so — mit den Leibrenten der Minne, kann man sich kaum vor dem Hungertode schützen.

Alex. Wohl wahr! (trinkt.)

Franz. Ich spreche aus Erfahrung.

Alex. Das ist wahr, ich habe meinen Namen nicht ohne Vorbedeutung. (schenkt ein.) Ich bin ein wahrer Alexander!

Franz.

Franz. Nur, daß Ihr Namensvetter, der Mazedonier, mehr Geld hatte, als Sie.

Alex. Davor hatte er auch mehr Ausgaben als ich —

Franz. Nun, was die Ausgaben betrift — darinnen wollten wir dem braven Manne wohl nichts nachgeben, wenn nur die Einnahme besser wär. — Aber, Apropos! der Wirth, muß Ihren Namen und Karakter der Polizei überliefern. In was vor Diensten wollen Sie denn seyn? in Korsikanischen, oder polnischen? das ist ja so der gewöhnliche Dienst, den Sie freywillig annehmen —

Alex. In keinen von beiden. —

Franz. Aha! in Diensten der Republik St. Marino —

Alex. Nein! — Ich will einmal der Republik Lukka dienen —

Franz. Als Hauptmann? anders thun Sie es ja doch nicht!

Alex. Als Hauptmann!

Franz. Tragen denn die Truppen der Republik Lukka, blaue Röcke?

Alex. Wer will das wissen! — Schaff Geld!

Franz.

Franz. Wollte der Himmel ich wär ein Bankier, es sollten bald beffere Zeiten bei uns werden.

Aler. Du kennst doch die grünäuglgte Gräfin Rothenbusch? —

Franz. Ich werde sie ja kennen!

Aler. Sie ist weg!

Franz. Fort?

Aler. Narr! Sie ist weg, das heist: sie ist in mich verliebt.

Franz. Ja so! ein andermal drücken Sie sich bestimmter aus. Wenn Sie noch gesagt hätten: sie ist rein weg. —

Aler. Ach! (steht auf.) Die Baronin Bergheim —

Franz. Ist auch weg?

Aler. Rein weg!

Franz. Ja! 's ist wahr, Sie sind wahrhaftig ein wahrer Alexander, wenn's auf Eroberungen weiblicher Herzen ankömmt.

Achter Auftritt.

rige. Ulrike (tritt unbemerkt herein.)

lex. Wohin ich nur meine Blicke wen=
olgt Sieg und Niederlage. (das Weinglas
Hand.)
So rüstig wie der Griechen Held,
erobr' ich manche Länder.
Der Schönen Herz ist meine Welt,
und meine Fesseln — Bänder.

ranz. Bravo! das läßt sich hören! —
's weiter?

lex. Allerdings! der Schluß ist das

Doch wie er siegreich, thränend stand,
steh' ich auch da, und weine;
denn wenn ich eine überwand,
so frag' ich: giebt's noch eine? (trinkt.)

lrike (kömmt vor.) Wirklich?

ranz. (vor sich.) Nun ja! — das hat
von den verteufelten Versen!

lex. O! meine Theuerste! —

lrike. Lassen Sie mich doch das schö=
edicht noch einmal hören.

lex. 's ist nicht von mir —

ranz. (vor sich.) Das glaube ich ihm
Schwur!

Ulrike.

Ulrike. Aber Sie sagten es mit so viel Empfindung, mit so vieler Theilnahme —

Alex. Das ist mein gewöhnlicher Fehler, wenn ich ins Rezitiren komme.

Franz. Das ist wahr! das kann ich mit einem Eide bekräftigen, wenn's erforderlich ist. (vor sich.) Ich muß ihn nur heraushelfen —

Alex. Können Sie mir eigene Empfindungen dieser Art zutrauen?

Ulrike. Wenn Sie mich täuschten! o! wie unglüklich machten Sie mich! —

Alex. Ich Sie täuschen? Ulrike! wenn Sie wüsten wie sehr es mich schmerzt, mich so verkannt zu sehen! —

Ulrike. Ein Mädchen das Sie liebt, wirft sich voll Zutrauen auf Ihre Großmuth und Liebe, in Ihre Arme, will den kühnsten Schritt wagen, den Liebe ihr eingiebt, und Sie wollten so grausam seyn, ihrer Schwäche zu lachen? — Ach! ich habe nichts — nichts als dieses Herz voll Liebe —

Franz. (vor sich.) Das ist verteufelt wenig! Wir rechnen auf Geld.

Ulrike. Und mit diesem meinem ganzen Reichthume, wollte ich Ihnen folgen.

Neunter Auftritt.

Vorige. Herr von Silberklee.

Hr. v. Silberk. (ist schon zum Anfange von Ulrikens lezter Rede, hereingekommen.) Was schwazst du da?

Franz. (vor sich.) Die Gruppe wird immer schöner! Der, fehlte noch!

Hr. v. Silberk. Reichthum? was sprichst du denn vom Reichthume? was dir deine Eltern hinterlassen haben, kann ich mit einer Feder voll Tinte spezifiziren. Wenn ich mich deiner nicht angenommen hätte, du wärest lange gestorben oder verdorben. — (zu Alexandern.) Und Sie, sollten sich schämen, so ein armes Mädchen zu verführen.

Alex. Ich liebe sie.

Hr. v. Silberk. Das haben Sie gar nicht nöthig. Sie hat schon ihren Liebhaber, der jezt ihr Bräutigam ist, morgen ihr Mann wird — und der, bin ich!

Alex. Sie? — Hm! —

Hr. v. Silberk. Haben Sie etwas dagegen einzuwenden?

Alex. Ein Mann von Ihren Jahren —

Hr.

Hr. v. Silberk. Von meinen Jahren! wissen Sie denn, wie alt ich bin?

Alex. Ich bin kein Kirchenbuch!

Hr. v. Silberk. Ich bin etwas über vierzig —

Alex. Sie müssen viel Gram gehabt haben, weil Sie vor der Zeit, in Ihren lezten Jahren, so alt geworden sind, daß Sie einem Siebenziger aufs Haar gleichen!

Hr. v. Silberk. Ja wirklich, Gram habe ich zeitlebens genug gehabt. Aber nun will ich mir gütlich thun. — Doch wieder auf meine Nichte zu kommen, die habe ich (vertraut) nicht für Sie erzogen!

(führt Ulriken fort.)

Zehnter Auftritt.
Alexander. Franz.

Franz. Nun, Herr Hauptmann in Diensten der Republik Lukka?

Alex. 's ist zum todschießen!

Franz. Gott bewahre! Lassen Sie das Mädchen fahren.

Alex. Ich kann nicht!

Franz.

Franz. Ihr ganzer Reichthum, läßt sich ja mit einer Feder voll Tinte spezifiziren, wie Sie gehört haben.

Alex. (wirft sich auf einen Stuhl.) Und doch habe ich sie noch nie so stark geliebt, als ieżt.

Franz. Das ist nun wahrlich sehr zur Unzeit! Und die Gräfin Rothenbusch, und die Baronin Bergheim? —

Alex. Schweig!

Franz. Böse Aspekten!

Alex. Nur Ulrikens Besiz, kann mich glüklich machen —

Franz. Ohne Geld?

Alex. Habe ich doch auch keins!

Franz. Das ist eben das Schlimmste! nichts zu nichts, bleibt nichts, nach allen Rechenbüchern, in der ganzen Welt. Was wollen Sie mit einem Weibe machen, wenn sie nicht so viel hat, Sie ernähren zu können? wovon wollen Sie leben, seit Ihre Gage aus Lukka ausbleibt? Die Notklagen sind das Sterbegeläute der Liebe, und wenn der Mangel sich einquartirt, nimmt die allmächtigste Bezauberung Abschied.

Alex.

Alex. (stampft mit dem Fuße.) O! ich wollte! —

Franz. Wetter! was kömmt da für ein Schaz! — Da giebt's eine neue Aquisition!

Eilfter Auftritt.

Vorige. Fräulein Hildegard. Luise. Hr. Simon. Träger
(mit Koffern.)

Hr. Simon. Sie sollen bedient werden, wie eine Prinzessin! (führt sie nach dem obersten Seitenzimmer rechter Hand.) Der Wirth zur goldnen Flamme, hat die Ehre, daß Fürsten und Herren in seinem Hotel abzutreten geruhen.

Hildegard. (fixirt Alexandern.) Luise!

Luise. Gnädiges Fräulein?

Hildeg. Laß die Koffer auf mein Zimmer schaffen.

(Luise geht mit den Trägern ins Zimmer, welche nach einiger Zeit wieder zurük kommen und durch die Saalthür abgehen.)

Hr. Sim. (zu Franzen, mit der Schreibtafel in der Hand.) Wollte mir den Namen und Karakter seines Herrn ausbitten.

Franz.

Franz. Alexander von Rosenbach, Hauptmann, in Diensten der erlauchten Republik Lukka — und ich, bin sein Kammerdiener.

Hr. Sim. [schreibend.] Lukka! — Sein Name?

Franz. Franz Peltropatos —

Hr. Sim. [horchend.] Petr —?

Franz. Peltropatos — aus Chios, in Griechenland.

Hr. Sim. Also — kein Christ?

Franz. Nein!

Hr. Sim. Daß Gott erbarm! und logirt in der goldnen Flamme! das kann ein grofes Skandalum geben! [geht bedenklich ab.]

Hildegard. [zu Alexandern, welcher in tiefen Gedanken sizt.] Mein Herr — Sie erlauben, daß ich eine gute Opinion bei Ihnen penetrire —

Alex. [aufstehend und komplimentirend.] Gnädige Frau —

Hildeg. Noch, nur Fräulein. — Ich bin so frei Sie, da ich höre, daß Sie Kavalier sind, mein Herr Kapitain, mit meinem Zutrauen zu chargiren. —

Alex. Viel Gnade! [giebt ihr einen Stuhl.]

Hildeg.

Hildeg. Der Herr Hauptmann sind in italienischen Diensten?

Alex. In Diensten, der erlauchten Republik Lukka —

Hildeg. Und bringen Ihr Semester in Deutschland zu?

Alex. Aufzuwarten.

Franz. [welcher unterdessen in seinem Taschenbuche geblättert und einige Gläser Wein geleert hat.] Herr Hauptmann, es ist heute ein wichtiger Tag, den wir vor Freuden bald gar vergessen hätten. [giebt ihm den Kalender.]

Alex. [tritt mit ihm auf die Seite.] Wetterelement! der verdammte Wechsel!

Franz. Und Sie wissen, wie Moses ist —

Alex. Geh zu ihm, sprich vernünftig mit ihm. — Er muß prolongiren.

Franz. Ich will mein Heil versuchen! — Halt! mir fällt etwas ein. Ich werde mich hinter seine Tochter stecken. — [sucht im Taschenbuche.] Da hab' ich ein Gedicht gemacht: „O Du Schönste, aller Schö„nen!" 's ist eigentlich an meine Lina, diesmal, muß es aber auch auf Mamsell Esterchen passen. Sie glauben gar nicht, was die

die Verse über ein Mädchen vermögen! — zumal wenn ich sie selbst vorlese. — Ha! da ist's! — Nun, wollen wir sehen, wie weit ich mit dem Passe komme. Fällt hier der Schlagbaum, so päsſiren wir nie!

[ab.]

Zwölfter Auftritt.
Fräul. Hildegard. Alexander.

Alex. Sie verzeihen —

Hildeg. Ich habe um Verzeihung zu bitten, daß ich Ihnen so unbekannt, seulement mich auf Ihre Güte verlassend, mit einer Confeſſion beschwerlich zu fallen wage, welche ich vielleicht nicht thun sollte. Aber mon dieu! was soll ich thun? Ich persuadire mich, daß meine Confidance mir und meinen Affären, schlechterdings favorabel seyn wird. — Vor zehn Jahren war ich zu Strasburg in Familienangelegenheiten, und errichtete eine Bekanntschaft, welche leider! meinem Herzen sehr gefährlich wurde!

Alex. In der That?

Hildeg. Serieuſement! — Zwar, ich muß es gestehen, war diese Liebe etwas

was unter meinem Stande, aber Liebe, macht ja alle Stände gleich! und es war nicht etwa so ein — wie soll ich sagen? so ein course amoureuse — sondern ich liebte den Monsieur Klee, furieusement! Er war zwar nicht mehr der Jüngste, aber er war infinement reich, und versprach mir, sich nobilitiren zu lassen.

Alex. Was trieb er für Geschäfte?

Hildeg. Er war ein Marchand en gros, très renomée, gebürtig aus Wien. — Um mich nicht aufzuhalten, muß ich Ihnen sagen, daß wir einander sehr liebten, und daß er mir einst sogar, ein Eheversprechen aufdrang —

Alex. [aufmerksam.] Ein Eheversprechen?

Hildeg. Er hat es mit seinem Blute unterschrieben. — Ich verwahre es in meinem Portefeuille, und werde es Ihnen nachher zeigen. So lebten wir vier Wochen, als mein treuloser berger ehe ich mir's versah, einstens bei Nacht und Nebel verschwand, und mich Unglückliche sans rime et raison in Thränen zurükklies. Ich wurde sehr krank und brachte ein ganzes Jahr zu, ehe ich ihm nach, und nach Wien reisen konnte. — Ich
kam

kam hin, und — ah ciel! stellen sich, mon cher Monsieur Capitaine, meine exekrable Lage vor! — der Elende, hatte Wien verlassen, und war nach Holland gegangen. Die Liebe beflügelte meine Schritte, ich eilte ihm nach. — Er war nach Brabant gegangen. Ich kam nach Brabant. Er war nach Lion gegangen. Ich reiste nach Lion — er war nicht da! —. So reiste ich neun Jahre nach den Ungetreuen herum, und fand ihn nicht! —

Alex. Zeit genug, eine ganze Iliade zu schreiben!

Hild. Und ein Reisejournal von zwanzig Bänden. — Endlich erfuhr ich par hazard von einer guten Freundin in Regensburg, er wolle sich mit seiner Niece verheuraten, halte sich hier in diesem Lande auf, habe sich seit der Zeit nobilitiren lassen, nenne sich jetzt Edler von Silberklee. —

Alex. Und wohnt in diesem Gasthofe.

Hild. Est il possible?

Alex. In jenem Zimmer.

Hild. Ah ciel! — Ich werde ohnmächtig! Luise! Luise!

Drei=

Dreizehnter Auftritt.
Vorige. Luise.

Luise. [hält ihr ein Riechfläschgen vor.] Das gnädge Frlein ist ganz furieusement mit Ohnmachten geplagt. Sie kömmt aber bald wieder zu sich, das ist das Beste! — Sehen Sie! Sie erholt sich schon wieder.

Hild. Ah mon cher Capitaine, pardonnez moi. —

Alex. [ist aufgestanden.] Sie haben mich Ihres Zutrauens gewürdiget — seyn Sie versichert, daß ich mich Ihrer annehmen werde, so gut es mir möglich ist. Ich will Ihren Ungetreuen Ihnen wieder zuführen, Sie sollen sich rächen. —

Hild. Keine Rache! — Ach! ich bin so ein mitleidiges Ding —

Alex. Er soll sein Ihnen gethanes Versprechen erfüllen, oder — ich bringe ihn um.

Hild. Ach! das thun Sie nicht, wenn Sie mich nicht auch tödten wollen. — Ich muß mich erholen! Wollen Sie sich mit meiner Affaire chargiren, so bitte ich Sie, mir in einer Stunde die Ehre Ihres Besuchs auf meinem Zimmer zu schenken. Ich werde Ih=

nen meine Dokumente extrahiren, und Ihnen Vollmacht geben, meine Affaire zu tourniren. [erhebt sich.] — Ich bitte Sie zu bedenken, daß ich mich selbst forcire, wenn ich nicht frische Kräfte zu dieser deplorablen Affaire sammle. [lehnt sich schmachtend auf Luisen.] Ah! mon cher Capitaine, l'amour est un paroli de campagne. [ab, mit Luisen.]

Vierzehnter Auftritt.
Alexander.

Erwünscht! — Es müßte wunderlich zugehen, wenn die Affaire nicht etwas abwerfen sollte. Ulrike wenigstens, ist für Sie verloren, mein lieber Edler von Silberklee! — Jezt sollte man so eigentlich jemand bei der Hand haben, welcher den Bruder der donna dolorosa spielte. — — Hm! — sollte sich denn nicht jemand finden der die Rolle übernähm? — Es fragt sich nur, ob die Dido abandonata etwas anwenden kann?

Funfzehnter Auftritt.
Alexander. Lina.

Lina. Ach! Herr Hauptmann! uns wird's schön gehen! der Alte pastor fido, sprüht Feuer und Flammen. Wir werden gewiß nicht entführt.

Alex. Nun, nicht.

Lina. Nicht? — Das ist ja miserabel! und ich hatte mich schon sehr darauf gefreut. 's wird mir doch alles zu Wasser!

Alex. Es haben sich Umstände ereignet, welche die Entführung ganz entbehrlich machen.

Lina. Wie so? was hat sich denn ereignet?

Alex. Du wirst Wunderdinge hören. — Sag meiner Ulrike, daß ich die untrüglichsten Mittel zu ihrer Rettung in den Händen habe, daß sie ihren Onkel nicht im geringsten mehr zu fürchten hat, und daß — [nimmt Hut und Stock.] daß sie in ein paar Stunden alles erfahren wird. [ab.]

Sechszehnter Auftritt.
Lina.

Was ist denn vorgegangen? — die Neugierde auf den höchsten Grad zu spannen, und hernach so schnell abzubrechen — Herr Hauptmann! das heist gehandelt, wie ein Dramendichter, aber nicht wie Liebhaber meines Fräuleins, deren A und O ich bin! — Wenn ich ihr das nun sage — was wird sie denken? — 's ist wahr! man hat doch nie grössere Not mit den Männern, als wenn sie die Geheimnißvollen spielen. Man schreibt und spricht so viel von Abschaffung der Tortur, und keine Seele rügt diese Unart, die uns armen Mädchen so schrekliche Qualen bereitet, und unsre grausamste Herzensfolter ist! [will abgehen.]

Siebenzehnter Auftritt.
Lina. Moses.

Moses. [sieht sich allenthalben um.]

Lina. Wen sucht er?

Moses. Wohnt doch der Herr Hauptmann von Rosenbach hier?

Lina.

Lina. Ja. — Er ist aber eben aus=
gegangen.

Moses. Wenn kömmt er wohl wieder?

Lina. Das weis ich selbst nicht, lieber
Freund.

Moses. Lieber Freund! wie das so schön
klingt, wenn's ein schönes Jüngferchen sagt.
's ist ein mächtig Wunder! wie Sie so schön
sind Mamsellchen! wie ein Blümchen! Gott
soll Sie lassen gesund seyn, tausend Jahr. —
'n Wort in Vertrauen! das Mamsellchen,
kennen den Herrn Hauptmann?

Lina. So ziemlich!

Moses. 's mag ein braver Kavalier
seyn! — aber, oser koser — ab's wohl
[eine Pantomime, Geld in die Hand zählend] damit
auch fort will?

Lina. Warum nicht?

Moses. 's soll mit seinen Revenüen
nicht recht koscher seyn!

Lina. Er ist ja Kapitän!

Moses. 's soll mit seinem Partent nicht
recht richtig seyn. 's sagt mir doch auch ein
braver Kavlier, der Herr Hauptmann, wär
nicht weit her — 'n Spieler. —

Lina.

Lina. Der Hauptmann hat Geld genug, und braucht sich nicht vom Spiel zu nähren.

Moses. 'S soll mir lieb seyn, wenn's wahr ist, Mamsellchen, daß er Geld hat. Ich habe ein kleines Wechselchen — 500 Thaler — 's ist gefällig —.

Lina. 500 Thaler? — wenn's nicht mehr ist! —

Moses. Hab mir schon über weniger, manches Paar Schuh zerlaufen. — Und der Franz, ist ein Gaudieb, hat nichts als Ränke und Schwänke im Kopfe die Leute zu betrügen, — hat Reimchen auf mich gemacht — sind sie doch schon gedrukt in die Avisen. Da hab' ich so bei mir gedenkt, 's ist doch gar nicht fein, Reimchen zu machen auf mich, auf einem ehrlichen Jüden.

Lina. Er hat auch schon oft genug Verse auf mich gemacht —

Moses. Gott'swunder!

Lina. Und ich muß sagen; seinen Gedichten hat er bei mir viel zu verdanken —

Moses. Zu verdanken? Gott'swunder! aber nicht bei mir. Was hilft das Gedichte? 'S ist mir doch lieber die Wahrheit!

Acht-

Achtzehnter Auftritt.

Vorige. Herr Simon.

Hr. Simon. Ich wollte mich unterstehen, mit dem Küchenzettel aufzuwarten —

Lina. [nimmt den Zettel.] Der gnädige Herr beschwert sich immer, daß er so wenig das Auslesen unter Fleischgerichten hat.

Hr. Simon. Erlauben Sie Mamsellchen, 's speisen viele Gelehrte bei mir, die klagen über's Gegentheil, und wollen immer nichts als subtile Speisen geniesen.

Lina. Zum Unglük ist der Herr von Silberklee weder ein Liebhaber von der Gelehrsamkeit, noch von den subtilen Speisen.

[ab, ins Zimmer.]

Hr. Simon. Ja! das ist nun freilich ein Unglük — wofür ich nichts kann.

(ab.)

Neunzehnter Auftritt.
Moſes.

's iſt niemand da! 's kömmt niemand! — Ach! Wein! — iſt nicht koſcher! Jammerſchade! könnt' ihn wohl koſcher machen, wenn nur niemand käm. 's iſt aber nicht ſicher hier, — 's geht ab und zu. — Wenn nur mein Wechſelchen bezahlt wär, Gott ſollt' mich behüten vor die goldne Flamme. — Golden hin, golden her, 's wird doch kein Dukaten d'raus!

(ab.)

Zweiter Aufzug.

(Saal, wie im ersten Aufzuge.)

Erster Auftritt.

Florentin (Florentin in einem runden Hute, Stiefeln, einer Reitjacke, einen Degen auf der Achsel, an welchem ein Bündelchen hängt.)

(kömmt singend.) Einsam irr' ich und betroffen ꝛc. ꝛc. Ach! (legt sein Bündel ab.) Seit Simonides Zeiten, hat gewiß kein Mensch in der Welt, das omnia mea mecum porto, mit mehr Recht von sich sagen können, als meine Wenigkeit. Es wird immer weniger! Es geht mit meiner Bagage, traun, wie mit allem was hienieden lebt und webt, es kehrt alles nach und nach in sein voriges Nichts zurük. (sezt sich und zieht seine Börse.) Es muß keinen traurigern Anblik in rerum natura geben, als das vacuum meines Beutels. Hat mich schon manchmal veranlaßt vortreffliche Observationen über die Nichtigkeit der Dinge anzu=

anzustellen, welche werth gewesen wären, sie drucken zu lassen. [zählt.] Ach! wie mancherlei Stoff zu herrlichen Meditationen wird mir meine Börse noch geben!

Zweiter Auftritt.
Florentin. Herr Simon. Musikanten.

Hr. Simon. Haltet euch fertig! Der Herr Hauptmann speist bei der fremden Dame, und wenn Monsieur Franz kömmt, wird er euch schon das Signal geben. — [wird Florentin gewahr.] Aha! wieder ein Gast! Er sieht aus wie ein reisender Artist. Ergebenster Diener —

Florentin. Servitore! Ci è egli da alloggiar Signor Hoste?

Hr. Simon. Wie?

Florentin. Verstehen Sie mich nicht?

Hr. Simon. Aufrichtig zu reden, nein.

Florentin. Nun so will ich deutsch reden, das verstehen Sie doch?

Hr. Simon. O ja! perfekt!

Florentin. Ich halte Sie für den Wirth dieses Gasthofs —

Hr.

Hr. Simon. Haben sich nicht geirrt!—

Florentin. Und möchte gern wissen, ob Sie mich beherbergen wollen?

Hr. Simon. Herzlich gern! aber Sie erlauben [zieht seine Schreibtafel heraus.] daß ich mich unterstehe, mich nach Ihren werthesten Namen und Stande zu erkundigen. Ich muß die Tabelle der bei mir logirenden Fremden, an die löbliche Polizeidirektion liefern.

Flor. Signore Florentino, ein Virtuose — komme dermalen von Lukka —

Hr. Simon. [schreibend.] Sonderbar!

Flor. Glauben Sie es nicht?

Hr. Simon. O ja! — aber es ist nur so sonderbar, daß eben auch ein Herr Hauptmann bei mir logirt, welcher in Diensten der erlauchten Republik Lukka steht. — Es logiren, ohne mich zu rühmen, viele hohe Herrschaften, in meiner goldenen Flamme. Vor einigen Stunden ist erst eine fremde Dame eingetroffen, welche vermuthlich incognito reist. Ich halte sie für eine polnische Fürstin. Diese reisen oft incognito in das hiesige Bad. — — Belieben Sie etwas zu sich zu nehmen? Es wird eben an der großen Tafel gespeist.

Flor.

Flor. [seufzend.] Ich will mich schon ein=
stellen. — Jezt habe ich noch keinen Ap=
petit.

Hr. Simon. Nach Belieben.

Flor. Hier giebt's Musik, wie ich sehe.

Hr. Simon. Der Herr Hauptmann, ist
ein Liebhaber von Tafelmusik —

Flor. Damit die Herren nicht müssig
sind, werde ich sie ersuchen, mir zu einer
Arie zu akkompagniren —

Hr. Simon. Nach Belieben! 's wird
den hohen Herrschaften viel Spas machen.

[geht ab.]

Dritter Auftritt.
Florentin.

[pakt Noten aus seinem Bündel.] Man muß
die hohen Herrschaften, auf eine gefällige Art
mit seinen Talenten bekannt machen. Viel=
leicht ist die polnische Fürstin incognito,
eine Mäzenatin der schönen Künste. Man
muß in der Welt alles versuchen. Hilft's
nichts — jenu! schaden kann's auch nichts.
[legt den Musikanten Noten auf.] Hier, meine
Herren! Ich habe so viel Zutrauen auf
Ihre

Ihre Geschicklichkeit, als auf die gröste Kapelle eines Nationaltheaters. — Spielen Sie! —

[Singt eine italienische Bravurarie, mit Akkompagnement.]

Aha! mein Gesang hat operirt. Es erscheinen schon Spektatores!

Vierter Auftritt.

Florentin. Fräul. Hildegard. Alexander [kommen aus Hildegards Zimmer.]

Hildeg. Bravo! bravissimo!

Flor. Sempre disposto à servirla. —

Hild. Aber — pardieu! — wenn ich mich nicht konfundire, so sehe ich den berühmten Virtuosen, Signor Fiorentino, welchen ich im vorigen Jahre zu Spaa, renkontrirte?

Flor. Der bin ich. — Und ich, habe die Gnade, mit dem Fräulein von Blumberg zu sprechen?

Hild. Bald am längsten Fräulein gewesen, hoffe ich.

Alex.

Alex. Aber — myn Herr van der Welle —

Flor. So wahr ich lebe, Rosenbach! [umarmt ihn.] Nun bin ich in den Hafen! das ist wahr! der Himmel führt seine Heiligen wunderlich —

Alex. Sag mir nur, wo Du herumgestrichen bist?

Flor. Ich bin ein geborner Reisender —

Alex. Du könntest gar nicht gewünschter kommen!

Flor. Wirklich? nun, das ist mir sehr lieb.

Alex. [zu den Musikanten.] Ich will euch rufen lassen.

[Musikanten, gehen ab.]

Hild. Der Himmel scheint unser Unternehmen auf eine merveillöse Art zu begünstigen.

Flor. Du kannst Dir gar nicht vorstellen, was ich, seit wir uns vor drei Jahren in Aachen zum leztenmale sahen, für Reisen gemacht, und für Fata ausgestanden habe. Wie ein andrer Proteus, habe ich mich in so mannichfaltigen Gestalten und Erscheinungen

gen der Welt gezeigt, daß ich nun selbst gar nicht mehr weis, welches meine eigene ist.

Alex. 's geht mir auch so, liebes Brüderchen! Ich bin schon bei allen grosen Herren in der Welt als Freiwilliger in Diensten gewesen.

Florentin. Du bist also wohl auch der Hauptmann, von welchem mir der Wirth sagte, in Diensten der erlauchten Republik Lukka?

Alex. Pro tempore, ja. — Vor allen Dingen, wirst Du Dich zu einer neuen Metamorphose bequemen müssen. — Das gnädige Fräulein braucht einen Bruder in Uniform —

Florentin. Nur her mit der Rolle! ich spiele sie.

Alex. Du kömmst aus Ostindien, und bist in englischen Seediensten —

Florentin. Gut! Fluchen kann ich ohnehin, mehr als mir selbst lieb ist, und Punsch zu trinken, Tabak zu rauchen, sind Kleinigkeiten.

Alex. Ein gewisser Edler von Silberklee hat dem Fräulein schon vor zehn Jahren ein mit seinem Blute unterschriebenes Eheversprechen, gegeben —

Hildegard. Und hat mich abandonirt!

Florentin. Der Kerl ist toll!

Hildegard. Oder behext, das sage ich auch.

Alex. [zeigt ihm ein Papier.] Siehst du? —

Florentin. Wahrhaftig, mit Blute unterschrieben! — Aber — Joachim Nepomuk Klee, und Du sprachst —

Alex. Er hat sich seit der Zeit nobilitiren lassen.

Florentin. Aha! das heißt: er hat hundert Dukaten zu viel gehabt.

Hildegard. Er logirt hier in dieser auberge, der Treulose!

Florentin. Er muß sein Versprechen erfüllen, oder er soll meinen brüderlichen Zorn nachdrüklich fühlen.

Alex. Ich spreche zuerst mit ihm, vielleicht giebt er sich in Güte. Ist er aber nicht zu bewegen, dann, gilts Gewalt. Instruiten Sie unsern Florentin einstweilen. — Eine Uniform, schaffe ich —

Hildegard. Kommen Sie mon cher, ich will Sie informiren, und Ihnen die gehörigen Instruktions ertheilen.

[ab, ins Zimmer.]

Flo=

Florentin. [nimmt Bündel und Degen.]
Mit Vergnügen begebe ich mich in die Lehre. Komme ich auf einmal in Seedienste, und weis nicht wie. Nun! guten Wind auf die Fahrt, die Anker sind gelichtet!
[geht dem Fräulein Hildegard nach.]

Alex. Wenn ich jezt meinen Zwek nicht erreiche, so will ich auch in meinem Leben nichts wieder auf Spekulation unternehmen. Viertausend Thaler Heuratsgut von der guten, alten Seele, meine Ulrike, jährlichen Zuschuß, und an Kindesstatt angenommen — 's kann keinen profitablern Handel für mich in allen fünf Welttheilen geben. — Ach! der Edle, kömmt wie gerufen!

Fünfter Auftritt.

Alexander. Herr v. Silberklee.

Hr. v. Silberk. Sie werden verzeihen, mein Herr Kapitain, daß ich Sie in Ihren Penseen stöhre!

Alex. Sie konnten gar nicht gelegner kommen!

Hr. v. Silberk. So? — Ich komme, Sie um eine kleine Gefälligkeit zu ersuchen —

Alex.

Alex. Mich?

Hr. v. Silberk. Sie! — Ich wünschte, daß Sie mir die Ehre erzeigten, und der Unterschreibung meines Ehekontraktes als Zeuge beiwohnten.

Alex. Kann wohl geschehen, mein Lieber Herr von Silberklee. [lustig.] Kann wohl geschehen!

Hr. v. Silberk. [betroffen und die Worte dehnend.] Meinen Sie?

Alex. Ja! ich meine! — Kennen Sie nicht ein gewisses Fräulein von Blumenberg?

Hr. v. Silberk. [gedehnt.] Ich kannte sie — aber die ist lange tod.

Alex. Tod?

Hr. v. Silberk. Lange tod! — 's ist kein Gebein mehr von ihr da.

Alex. Ich habe gehört, sie lebte noch.

Hr. v. Silberk. Nicht möglich! — Sie ist zu Strasburg gestorben. Das weis ich genau. [vertraut.] Ich hatte ein kleines Liebesabentheuer vor zehn Jahren mit ihr. Jezt ist sie tod und modert ruhig in der kühlen Erde. Sie wurde wahnsinnig, und starb am hitzigen Fieber.

Alex.

Alex. Wenn sie aber noch lebte? nicht ruhig in der kühlen Erde moderte, wiederkäm, hier wär?

Hr. v. Silberk. 's müste ihr Geist seyn, und an Gespenster glaube ich nicht. Unter uns, ich bin in dem Stücke gar ein ungläubiger Thomas!

Alex. [zeigt ihm das Papier.] Belieben Sie doch einmal hieher zu schauen.

Hr. v. Silberk. [mit der Brille.] Wa— was? wie kommen Sie zu der Schrift?

Alex. So eben erhielt ich sie von dem Fräulein. [steckt sie zu sich.]

Hr. v. Silberk. So eben?

Alex. Sie ist hier.

Hr. v. Silberk. Gott sey bei uns! — Ach! lieber Herr Kapitain, ich bin ein unglüklicher Mann, wenn das nicht Ihr Spas ist.

Alex. Augenbliklich erwartet sie ihren Bruder, welcher aus Ostindien kömmt; Einen englischen Seeoffizier, einen Mann, der von nichts als Todschiesen spricht, und der Teufel in hocheigener Person selbst seyn soll.

Hr. v. Silberk. Was?

Alex. Die Sache kann sehr ernstlich werden.

Hr. v. Silberk. Ich muß fort — eilig fort —

Alex. (hält ihn zurük.) Das geht nicht an! Ich habe den Auftrag erhalten, zu sondiren, ob Sie wünschten, die Sache in Güte beigelegt zu wissen, oder —

Hr. v. Silberk. Ach, ja! in Güte. — In Güte, bester Herr Kapitain! — Ich will herzlich gern erkenntlich seyn —

Alex. Die Punkte, welche ich Ihnen vorzuschlagen habe, sind: Erstens, mir die Hand Ihrer Nichte zu geben

Hr. v. Silberk. Daran ist nicht zu denken! Mein Rikchen muß aus dem Spiele bleiben; von der lasse ich nicht.

Alex. So erwarten Sie den Bruder des Fräuleins, den rauhen Mann, der mit nichts als Halsbrechen um sich wirft.

Hr. v. Silberk. Hat er das schon gethan?

Alex. Mehr als hundertmal in seinem Leben.

Hr. v. Silberk. Der abscheuliche Menschenmörder!

Alex.

Alex. Ulrike ist für Sie verloren, so oder so. Das Fräulein müssen Sie einmal heurathen —

Hr. v. Silberk. Ehe lasse ich mich umbringen, ehe ich mich mit so einer Furie in den Stand der heiligen Ehe begebe.

Alex. Furie? wie sie nun so ungerecht seyn können! das Fräulein ist das sanftmüthigste Geschöpf auf Gottes Erdboden.

Hr. v. Silberk. Sanftmüthig? Zank und Zwietracht in persona, wollen Sie sagen.

Alex. Und ihre beyderseitigen Jahre. —

Hr. v. Silberk. Was? Sie ist wenigstens sechzig Jahr alt!

Alex. Und Sie, siebenzig. —

Hr. v. Silberk. Ich dachte gar, hundert!

Alex. Ich habe auch nichts dagegen! Kurz, ich gebe Ihnen eine Stunde Bedenkzeit. Bleiben Sie bei Ihrem widerspenstigen Sinne, so handle ich als Mandatarius des Fräuleins, und ihr Bruder, als Sachwalter seiner getäuschten Schwester. A revoir! (ab.)

Hr. v. Silberk. Ach! ich unglüklicher Mann! — Kein Wunder wärs gewesen, wenn mich der Schlag auf dem Flecke gerührt hätte! Lina! Lina!

Sechster Auftritt.

Hr. v. Silberklee. Lina.

Lina. Gnädiger Herr?

Hr. v. Silberk. Pack' ein! pack' alle Sachen zusammen. Hurtig! Laß dir Heinrichen helfen — ich will selbst nach Postpferden laufen. — Meinen Hut, meinen Stock. —

Lina. Was ist denn vorgefallen?

Hr. v. Silberk. Ob du's weist, oder nicht, Naseweis! — Meinen Hut, meinen Stock, sag' ich. —

Lina. Nun ja! Nun soll's gar mit Extrapost fortgehen! (ins Zimmer.)

Hr. von Silberk. Ich bin halb tod vor Schrecken! — Mein Rikchen sollen Sie mir nicht entreißen, und wenn sich die ganze Welt gegen mich verschworen hätte!

Lina. (bringt Hut und Stock.)

Hr. v. Silberk. Gieb her! — hinein! — Ich muß euch einschließen. —

Lina. Was? einschließen?

Hr. v. Silberk. Nicht expostulirt! hinein! (er bringt ein grofes Vorlegeschloß hervor.)

Euch

Euch Vögeln ist nicht zu trauen ihr möchtet mir davon fliegen. —

Lina. Was denken Sie denn von uns?

Hr. v. Silberk. Gedanken sind zollfrei.

Lina. Wenn wir Sie sonst betrügen wollen. —

Hr. v. Silberk. Wie?

Lina. Wir haben Sukkurs von aussen. —

Hr. v. Silberk. Was?

Lina. Schlösser können aufgesprengt werden. —

Hr. v. Silberk. Wie?

Lina. Und wenn wir auch unsre Auxiliartruppen nicht auffordern wollen, so haben wir selbst Kopf genug, uns zu retten. —

Hr. v. Silberk. Was?

Lina. Es giebt Fenster — es giebt Strickleitern. —

Hr. v. Silberk. Wie?

Lina. Es giebt noch tausend andre Mittel zur Flucht, die Sie nicht wissen, wenn wir entfliehen wollen.

Hr. v. Silberk. Mädchen! bist du besessen?

Lina. Ein wenig.

Hr. v. Silberk. Was?

Lina. Wenigstens, vom Liebesteufel.

Hr. v. Silberk. Ich werde Wachen vor Thür und Fenster stellen.

Lina. Es sind größern Herren ihre Wachen bestochen worden, als die ihrigen.

Hr. v. Silberk. Bestochen? Keinen Pfennig sollt ihr unter den Händen haben.

Lina. Unsre Bundesgenoßen haben genug Geld, ohne das unsrige zu brauchen. — Daß Sie es nur wissen, wenn Sie sich nicht auf Discretion ergeben, so sind Sie verlohren, Sie mögen's anfangen, wie Sie wollen. Wollen Sie es nicht unsern freien Willen überlaßen, ob wir bleiben wollen, oder nicht, so sind Sie noch schlimmer daran. Denn just das Gegentheil von dem, was Sie denken, werden wir thun. Denken Sie, wir fliegen aus, so bleiben wir im Käficht, denken Sie wir bleiben, so — (verneigt sich.) adieu mon plaisir! (läuft fort.)

Hr. v. Silberk. Ja! die Kammermädchen! sind der Ausbund aller Intriken. Ich muß lieber vernünftig mit ihr reden, ich muß ihr mit meinem Zutrauen schmeicheln. — Lieber will ich ein paar Ducaten nicht ansehen.

sehen. (zieht die Börse.) Ich habe ohnehin da ein paar, die um die Hälfte zu leicht sind. Im Spiel und bei Kammermädchen laufen sie schon mit unter. (sucht sie.) Ei! ei! nicht einmal Extrapost kann man ohne Sorge und Angst bestellen! — he! da sind sie. — Warte, jezt will ich dich gleich kriegen. Lina! Lina!

Lina. (kömmt.) Verlangen Sie noch einen Hut?

Hr. v. Silberk. Komm einmal her! —

Lina. Nun?

Hr. v. Silberk. (zeigt ihr die Dukaten.) Kennst du die Dinger? was sind das?

Lina. Das? Das sind zwei beschnittene Dukaten.

Hr. v. Silberk. Ach! Narr! Ich dachte gar beschnitten! Sie kommen jezt in Kremnitz alle nicht anders aus der Münze.

Lina. So achteckigt?

Hr. v. Silberk. Ja! ja! — Höre! ich will dir etwas sagen: Diese Dukätchen sind für dich.

Lina. Für mich?

Hr.

Hr. v. Silberk. Wenn du mir versprichst, nicht mit Ulriken davon zu gehen, und hübsch ehrlich zu seyn.

Lina. Sie wissen meine Redlichkeit gar nicht gehörig genug zu schätzen. Sehen Sie, wenn ich nicht ehrlich wär, so nähm ich die zwei achteckigten Dinger, und — wir giengen doch davon.

Hr. v. Silberk. Was?

Lina. Aber weil ich wirklich ehrlicher bin als Sie glauben, so nehme ich sie nicht und verspreche auch nichts.

Hr. v. Silberk. Du sollst sehen, daß ich ein Mann bin, der Raison annimmt! Sieh! ich will noch zwei Stück zu legen.

Lina. Meintwegen noch zehn Stück, ich lasse mich doch nicht bestechen.

Hr. v. Silberk. Und bist ein Kammermädchen?

Lina. Eben deswegen! — Hören Sie! Sie irren sich in mir und in allen Kammermädchen in der ganzen Welt, das sehe ich Sie schon an. Sie sind gar kein Mann für uns. Sehen Sie! das Ding ist so: Wann wir wollen, so wollen wir, und wann wir nicht wollen, so helfen auch nicht einmal
die

die achteckichten Kremnitzer etwas. Das ist der erste Artikel in unserm Kodex. Wenn Sie nun einmal Zeit und Lust haben, unsre andern Fundamentalgesetze zu hören, so — (verneigend.) dürfen Sie mir befehlen!

(eilt fort — bleibt aber stehen, als Moses kömmt.)

Siebenter Auftritt.

Vorige. Moses.

Moses. (kömmt ganz erhizt herein.) Platzen möcht' ich über die Streiche! bin ich wieder umsonst gelaufen! — Ist der Herr Hauptmann wieder nicht zu Hause?

Lina. Das weis ich nicht mein lieber Moses.

Moses. Was soll mir das helfen? oser koser, ich werd' ihn schon einmal treffen! Gottes Wunder! hab' ich ihn nur einmal, soll er mir gewiß nicht entwischen, so wahr ich lebe. — Gnädger Herr! —

Hr. v. Silberk. Was willst du? ich habe keine Zeit für dich, ich bin selbst in Verlegenheit, so sehr es nur immer ein Mann in der ganzen Christenheit seyn kann.

Moses.

Moses. Mit Verlaub — nur auf ein Wörtchen! — Sie kennen doch den Herrn Hauptmann von Rosenbach?

Hr. v. Silberk. (ironisch.) Ja! ich habe die Ehre!

Moses. Sie kennen doch auch seinen Bedienten, den Mosge Franz?

Hr. v. Silberk. Von dem schweig mir gar stille!

Moses. Oser koser, das kann ich doch nicht! Schreien will ich doch, daß die ganze Stadt zusammen laufen soll. Ist doch ein rechter Schlamassel, der hat getroffen mich. — Hab' gesucht vor einer Stunde den Herrn Hauptmann, läuft mir der Franz, der Gaudieb, in mein Haus zu meiner Esterchen. Komm' ich nach Haus, hab' ich gedenkt, ich mich soll rühren der Schlag. Sizt der, der Franz, hat doch auf dem Schoose mein Esterchen, und hat ein Vögelchen Reimchen, und macht ihr Karessen, und liest ihr Verse vor, als wär er ein groser Poet.

Lina. Franz?

Moses. Ja! Franz der Kölef!

Lina.

Lina. Warte du sauberer Zeisig! Komm du mir nur vor die Augen, dich will ich abfenstern, daß du an mich denken sollst!

Moses. Ja, Jüngferchen! Sie baut sich doch eine Stufe in den Himmel, wenn Sie das thut. Mit seinen Reimchen, hat er mir verzaubert, mein Esterchen, die doch ein Herz hat, das so gut ist, wie ein Honig. Hab' ich doch sie wollen prügeln, hat sie mir gestanden, daß es nicht das erstemal ist, daß er da war.

Lina. Wie? nicht das erstemal?

Moses. Soll mir aber wiederkommen in mein Haus, will ich ihm entzwei schlagen Arm' und Bein. Ich muß Satisfaktion haben! und der Herr Hauptmann —

Hr. v. Silberk. Was hast du denn mit dem Hauptmann?

Moses. Ist mir schuldig 500 Tholer — hab' einen Wechsel — ist heut gefällig —

Hr. v. Silberk. Einen Wechsel?

Moses. Ja! ich laß ihn verarrestiren, als er nicht zahlt.

Hr.

Hr. v. Silberk. (vor sich.) Jezt muß ich das Eisen schmieden! — — Geh Lina! pack ein!

Lina. Werden Sie uns noch verschliesen, oder nicht?

Hr. v. Silberk. Das wirst du schon sehen.

Lina. Nun, gut! Versuchen Sie Ihr Heil, und wir haben Resourcen. Machen Sie, was Sie wollen, wir sind auf alles gefaßt. — Miniren Sie, so haben wir Konterminen. Schliesen Sie uns ein, so thun wir einen Ausfall. Ja! und wenn Sie uns umbringen, so stehen wir wieder von Todten auf, und Sie sind verloren, Sie mögen anfangen, was Sie wollen! Votre servante! (ab.)

Achter Auftritt.

Herr v. Silberklee. Moses.

Moses. Das ist doch ein gewaltiges Weibsbild! hat ein Mundwerk, wie ein Mühlrad!

Hr. v. Silberk. Höre Moses, ich will dir den Wechsel bezahlen —

Moses.

Moses. Gottes Wunder! Sie spasen wohl mit mir?

Hr. v. Silberk. Ach! ich dachte gar! 's ist mir gar nicht spaserlich. Mein völliger Ernst ist's. Ich bezahle dir den Wechsel.

Moses. Darf ich Sie beim Wort halten?

Hr. v. Silberk. Aber es versteht sich, unter einer Bedingung —

Moses. Nun? was ist das vor eine?

Hr. v. Silberk. Kanst du schweigen?

Moses. Wovor halten Sie mich? für einen kleinen Buben? für ein Schissellächel? denken Sie, daß ich bin eine alte Gol?

Hr. v. Silberk. Des Hauptmanns Affären liegen mir am Herzen —

Moses. Was sagen Sie mir!

Hr. v. Silberk. Der Hauptmann ist ein wenig leichtsinnig, aber ich möchte ihn doch nicht gern ganz sinken lassen, weil sein Vater ein alter, guter Freund von mir war.

Moses. Eps rares! Heut zu Tage sind die Freunde von der Art rär.

E   Hr.

Hr. v. Silberk. Ich bin also entschlossen, den Hauptmann aus seinen Schulden zu reissen, und auch deinen Wechsel zu bezahlen. Aber, wissen darf er es nicht.

Moses. Dafür lassen Sie mich sorgen. Kein Wort soll über meine Zunge kümnie.

Hr. v. Silberk. Weil mir aber auch sehr viel daran gelegen ist, daß sich der Hauptmann bessern soll, so kann eine kleine Züchtigung nicht schaden.

Moses. Da haben Sie recht!

Hr. v. Silberk. Es ist deswegen nöthig, daß du den Hauptmann sogleich arretiren läst. Aber nur zwei Tage soll er sizzen. — Und wenn ich fort bin, so kannst du ihm allenfalls sagen, wer sein Schuzengel gewesen ist, und für ihn bezahlt hat.

Moses. Sie sind doch ein rarer Freund von dem Herrn Hauptmann!

Hr. v. Silberk. Ich bin stolz darauf, muß ich dir sagen, meinen Freunden dienen zu können. — Das Geld will ich dir sogleich holen. In was vor Münzsorten?

Moses. Lauter wichtige Louisd'or.

Hr. v. Silberk. Gut! — (vor sich) So schaffe ich mir den Hauptmann vom Halse,

se, und gehe mit meinem Rikchen, wohin ich
will. —— Im Grunde aber, wenn ich's
recht überlege, so dauert er mich doch.
Hehehe! der wird schön angeführt! (ab.)

Moses. Gott's Wunder! das ist doch
ein rarer Mann! —— Wegen dem Wechsel=
chen, wär ich also außer Sorgen. ——
Nun muß ich mich auch noch an den Mosge=
Franz machen. Ein Trinkgeldchen muß er
doch auch haben, vor sein Liebesgeschichtchen,
mit meiner Ester.

Neunter Auftritt.

Moses. Franz. (hat eine rothe Uniform
überm Arm, einen Degen mit einem Portepee, in
der Hand.

Franz. Aha! sieh da unser Hofagent!
Nun hast du dich anders besonnen? willst du
prolongiren?

Moses. Du kömmst mir eben recht, du
Mamscher! den Henker will ich thun, und
nicht prolongiren. Arretiren will ich euch
beide lassen.

Franz. Setz dich nicht in Unkosten!
Von mir hast du keinen Wechsel, und
was meinen Herrn betrift, den wirst du auch

E 2 nicht

viel thun.' — Was macht denn mein liebes Esterchen?

Moses. Verschwarzen sollst du mit deiner Frage! an lichten Galgen sollst du kümme, über deine Amour.

Franz. Wenn die Liebschaften zu diesem Triumphbogen führten, so wär Franz kein Narr gewesen, dein Esterchen zu besingen. Das muß ich gestehen, es waren doch herrliche Gedanken in dem Gedichte! Es ist mir lange Zeit keins so gut gerathen. Frag einmal dein Esterchen, ob's ihr nicht gefallen hat?

Moses. Neun und neunzig Krankheiten sollst du kriegen und werden gesund an keiner einzigen, du Schickernicki! Vor Gericht will ich dich schleppen lassen, da sollst du mir Satisfaktion geben müssen.

Franz. Satisfaktion willst du haben?

Moses. Ja! die will ich haben! — hab' ich mich doch geärgert, daß ich bekomme Leibschneiden. Auweih mir!

Franz. Also Satisfaktion? sollst sie haben. (legt Uniform und Degen auf einen Stuhl.)

Moses. (vor sich) Was wird da herauskümme?

Franz.

Franz. Du haſt recht, ich habe dich beleidigt, ich bin dir Satisfaktion ſchuldig. Alſo — wie's unter uns Kriegsleuten ge= bräuchlich iſt. Einer von uns bleibt. Bleibſt du, — für deine Eſter will ich ſchon ſorgen.

Moſes. Warum ſoll ich bleiben?

Franz. Ich kann auch bleiben, doch habe ich den erſten Schuß, und es wär in meinem Leben das erſtemal, daß ich fehl ſchöß. (zieht ein paar Sackpiſtolen aus der Taſche, und legt eine für Moſes auf den Tiſch.) Nimm! — (zählt.) 1, 2, 3, 4, 5, 6 Schritte. (ſtellt ſich in Poſitur.)

Moſes. Au weih mir! Gott's Wunder! was iſt das? Diebe! Mörder! zu Hülfe! zu Hülfe!

Zehnter Auftritt.
Vorige. Alexander.

Alex. Was giebt's?

Franz. Ich gebe unſerm Moſes Satis= faktion.

Moſes. Herr Kapitain! Laſſen Sie doch die Schußprügel wegthun! Ich verlan=

ge die Satisfaktion vor Gericht. Er hat mir doch wollen verführen mein Esterchen, ich kanns doch nicht so hingehen lassen. Alle Buben of der Straße würden mit Fingern auf mich weisen, wenn ich das steken lies.

Franz. Wenn du die Satisfaktion nicht haben willst, so bekömmst du gar keine. (rafft Uniform, Degen, Pistolen ꝛc., zusammen und geht nach Hildegards Zimmer.) Freund!..(schlägt ihn auf die Achsel.) du bist ein Lump! (geht ab.)

Moses. Spring dir ein' Seit' auf du Mamischer! Pfui!

Eilfter Auftritt.
Alexander. Moses. Herr von Silberklee.

Moses. Können Sie zahlen das Wechselchen?

Alex. Du must prolongiren.

Moses. Gottes Wunder! was verlangen Sie von mir? das kann ich nicht! — Können Sie zahlen?

Alex. Du must prolongiren.

Hr. v. Silberk. (zu Moses) Arrest!

Moses. Sie sind verarrestirt! (will fort)

Alex.

Alex. (hält ihn zurük.) Was?

Moses. Als Sie nicht zahlen, müssen Sie in Arrest.

Alex. (zieht den Degen.) Kerl!

Hr. v. Silberk. Gemach! gemach Herr Kapitain! wir haben hier Polizei. Sie zahlen, oder Sie gehen in Arrest. — Nun werden sie mich doch wohl nicht an meiner Abreise hindern?

Moses. (vor sich.) Was ist das? Abreise?

Alex. Herr von Silberklee! was meliren Sie sich in meine Affären? Sie haben sich nicht darum zu bekümmern! Ihr Betragen beleidigt mich und meine Ehre. Ich verlange als Mann von Ehre, als Kavalier, Satisfaktion.

Hr. v. Silberk. (ängstlich.) So müssen Sie es nicht nehmen, lieber Kapitain.

Moses. (zupft den Herrn von Silberklee beim Rocke.) Zahlen Sie noch.

Hr. v. Silberk. Jezt nicht.

Moses. Was soll ich nun machen? Jezt will gehen vor Gericht, zum Advokaten, will mir schon Recht zu verschaffen suchen, und da soll's den Herrn vergehen, ein ander-

E 2 mal

mal einen ehrlichen Jüden so bei der Nase herumzuziehen. Ich lasse mich nicht so prellen, wie Sie denken. (im Abgehen.) In was vor'n Schlamassel bin ich gerathen! Au weih mir! möcht mir doch mein Raschi zerspringen! (ab.)

Zwölfter Auftritt.

Alexander. Herr von Silberklee.

Alexander. Schade! Herr v. Silberklee, daß Ihr Plan nicht fein genug war, und daß Sie die Güte hatten, ihn selbst zu verrathen! — (steckt den Degen ein.) Haben Sie sich resolvirt?

Hr. v. Silberk. Hören Sie — wir wollen uns abfinden —

Alex. Wie verstehen Sie das?

Hr. v. Silberk. Sehen Sie — ich meine — wenn Sie mir so etwa das Eheversprechen überlieferten, und ich nicht unerkenntlich dagegen wär.

Alex. Wofür sehen Sie mich an?

Hr. v. Silberk. Je nun — ich weis ja, wie's den jungen Herrn geht — bin ja

ja

ja ſelber iung geweſen — man iſt manchmal verlegen — man braucht Geld —

Alex. (ihn auf die Achſel ſchlagend.) Man iſt
ſehr unverſchämt, mir ſolche niedrige Geſin-
nungen zuzutrauen. Wenn Sie glauben, jedermann, dem es zuweilen an Gelde fehle,
müſſe ſogleich in Ihre Anträge willigen, wenn
Sie Ihre Wechsler-Verdienſte brilliren laſſen, ſo werden Sie ſich noch manchmal in der
der Welt gar ſehr irren. Ihr Alter ſchüzt
Sie für einer nachdrüklichern Erklärung.
Uebrigens, [ſieht nach der Uhr] haben Sie noch
eine halbe Stunde Zeit, ſich zu reſolviren.

[ab, in Hilbegards Zimmer.]

Hr. v. Silberk. Hm! hm! — Es
heiſt immer, in der Welt könnte man mit
Gelde alles erzwingen, aber mir iſts heute
ſchon zweimal damit fehlgeſchlagen. — Ent-
weder ich bin wirklich nicht an die rechten Leute
gekommen, oder ich habe es nicht recht ange-
fangen. — Nun bleibt mir weiter nichts
mehr übrig, als Poſtpferde zu beſtellen!

[eilig ab.]

E 5 Drei-

Dreizehnter Auftritt.
Franz [hernach] Lina.

Franz. Das Feld ist leer! — Was wollt ich denn nun gleich machen? — Aha! richtig! — [zieht seine Schreibtafel heraus.] Eine Satire auf den Juden. Die soll aber auch ein Meisterstük in ihrer Art werden. Es fehlt uns so noch an einer Satire über diesen Gegenstand.

Lina. [kömmt.] Monsieur Franz. —

Franz. Ma belle?

Lina. Hier ist sein Ring —

Franz. Mein Ring?

Lina. Hier sind die Ohrenringe, und die Schnallen. — [legt's auf den Tisch.] Er kann's seiner Ester geben, denn mit uns ist's aus!

Franz. Wirklich?

Lina. Rein aus! — Ein Mensch wie er, verdient meine Liebe gar nicht.

Franz. Du bist also eifersüchtig?

Lina. Gar nicht! Ich möchte mich aber nicht gern mit der Mamsell Ester in eine Klasse gesezt sehen.

Franz.

Franz. Ich muß dir nur aus dem Traume helfen. Die petit affaire, mit Esterchen, geschah blos meines Herrn wegen. Der Papa sollte den Wechsel prolongiren, und ich wendete mich an die Tochter —

Lina. Und machtest ein verliebtes Gedicht auf sie. Ich weis alles.

Franz. Aber es war mein Ernst nicht. Denkst du denn, daß man allemal die Sache ernstlich nimmt, wenn man Verse auf ein Mädchen macht?

Lina. So? — Du bist ein schöner Zeisig! — Genug, wir — sind geschiedene Leute. Du magst dich entschuldigen, wie du willst, wir haben nichts mehr mit einander zu thun, was die Liebe betrift.

Franz. Nun, wenn du mir zuvorkömmst, so brauche ich nicht den Anfang zu machen. Ich muß dir gestehen, daß ich wirklich mit der artigen Luise, der Kammerjungfer des gnädigen Fräuleins, welche eben eingetroffen ist, einen kleinen Herzenskontrakt zu schliessen willens bin. Hier ist dein Ring. — [setzt sich.] Es ist ja alles in der Welt dem Wechsel unterworfen. Sonne, Mond, Sterne und Meer, alles changirt.

Der

Der Mensch ist die Welt im Kleinen, also kanns nicht anders kommen, er wechselt auch. Ich bin. ——

Lina. Du bist ein Mensch, ohne Prinzipia und ohne Karakter, ein Taugenichts, der seinen Lohn gewiß noch bekommen wird.

Franz. Ich! so bald mein Herr Geld bekömmt, hat er mir versprochen ihn zu bezahlen. [steht auf, nimmt eine Prise und präsentirt ihr die Dose.] Plait il?

Lina. Er will mich ärgern, aber es wär der Müh nicht werth, mich über so einen Vagabunden zu ärgern, wie er einer ist. Du und dein Herr, ihr seyd beide nicht weit her ——

Franz. So haben wir nicht weit hin!

Lina. Wir kennen euch! ihr seyd Glüksritter.

Franz. Wohl dem, dessen Donna sich Fortuna nennt! Alle Monarchen der Welt buhlen um ihre Gunst, wünschen sich so überschwenglich beglükt, Ritter der minneholden Schönen zu seyn. Also gereicht uns das Prädikat Glüksritter, welches uns Mademoiselle Lina zu ertheilen geruhte, gar sehr zur Ehre.

Lina.

Lina. Hast du denn auch noch Ehre?

Franz. Ei! der Teufel, ja! und zwar sehr viel.

Lina. Und machst so schlechte Streiche?

Franz. Ich? — Dein Glück ist's, daß du ein Frauenzimmer bist; die haben das Privilegium auch zu reden, was sie nicht verantworten können.

Vierzehnter Auftritt.
Vorige. Luise.

Luise. Ob der Herr Martin, oder wie er heist, schon da gewesen ist?

Franz. Er heist Matthias, und ist noch nicht da gewesen. Er muß aber bald kommen.

Luise. [zu Franzen, seitwärts auf Lina zeigend.] Gewiß die Kammerjungfer von der Geliebten seines Herrn?

Franz. Eben die.

Luise. Etwa des Herrn Franzens Inklination?

Franz. Gewesen. — Wir haben uns eben erlaubt, zu machen, was wir wollen.

Luise. Brouillirt?

Franz.

Franz. Ein wenig stark.

Luise. Die verliebten Zwiste sind gewöhnlich nicht von langer Dauer.

Lina. [vor sich.] Der Niederträchtige! — [laut.] Mademoiselle — ich bedaure Sie.

Luise. Mich? — Warum?

Lina. Wenn Sie sich mit dem dort einlassen, so muß Sie die ganze Welt bedauern. — Lügen, Betrügen, Aufschneiden, falsch Schwören, Niederträchtigkeiten zu begehen, Spieler, Säufer und Kuppler zu seyn, sind seine Tugenden — schliesen Sie nun auf seine Laster. [will gehen.]

Franz. [führt sie zurük.] Abbitte und Ehrenerklärung auf der Stelle, oder —

Lina. Von mir eine Abbitte? in Ewigkeit nicht! — Ich habe nichts gesagt, als die pure, reine Wahrheit. Willst du Belege? soll ich deine Geschichtchen erzählen?

Franz. Ohne Zurükhaltung!

Lina. Hast du nicht schon millionenmal gelogen, seit ich dich nur kenne?

Franz. Das kann seyn! Aber, wenn ich auch gelogen habe, so geschah's gewiß allemal, weil ich mir nicht anders zu helfen wuste. Und Nothlügen, [zu Luisen]

Luisen] nicht wahr Mamsellchen, werden pardonirt?

Luise. Zuweilen!

Franz. Also, das war schon eine falsche Beschuldigung, auf welche eine Abbitte folgen muß. — Weiter! Einen Betrüger, hast du mich geheisen.

Lina. Hast du mich nicht betrogen? mich nicht mit falschen Schwüren hintergangen? Kannst du das läugnen? Bist du nicht in Abwesenheit des Juden, zu seiner Tochter gegangen?

Franz. Wie oft bist du in meiner Abwesenheit zu meinem Herrn gegangen!

Lina. Da hatte ich Aufträge von meinem Fräulein zu bestellen —

Franz. Und mir befahl mein Herr zum Juden zu gehen. Er war nicht zu Hause — davor kann ich nichts.

Lina. Hat mich dein Herr auf dem Schoose gehabt? hat er mir Verse vorgelesen, wie du der Mademoiselle Ester?

Franz. Das habe ich zwar nie gesehen, aber vorgestern war mir's doch akkurat so, als säh ich dich von meinem Herrn küssen.

Lina.

Lina. Das geschah in der ersten Freude, weil ich gute Botschaft brachte.

Franz. Und wenn ich einem Frauenzimmer Verse vorlese, so geschieht's auch allemal in der ersten Freude. [zu Luisen.] Bin ich strafbar Mademoiselle?

Luise. Wie man's nimmt! —

Franz. Also! — Du hast mich aber mit noch mehr Schimpfnamen disjustirt.

Lina. Kannst du läugnen, daß du ein Aufschneider bist?

Franz. Das nimmst du wieder von der unrechten Seite. Wenn ich meine Verdienste, wie es heutzutage Mode ist, ein wenig ins gehörige Licht setze, so nennst du das Aufschneiden. Da thust du mir aber unrecht. [zu Luisen.] Nicht wahr?

Luise. Ich bin ja Ihre Themis nicht.

Lina. Daß du ein Spieler bist, daß du säufst wie ein Bootsknecht, kannst du nicht läugnen. Und was die Kuppelei betrift —

Franz. Die gehört in dein Departement.

Luise. Es ist am besten, wie ich merke, Sie machen ihre Sachen, ohne Zeugen aus! [ab.]

Lina.

Lina. Hier ist ein Brief von meinem Fräulein an deinen Herrn. [giebt ihm den Brief.] Geht's mir nach, so ist's gewiß der lezte. Denn daß du es nur weist, ich habe euch ziemlich in die Karte gesehen. Dein Herr nährt sich vom Spiel, hat keine Güter, keine Revenüen, wie ihr vorgebt. Mein Fräulein will er unglüklich machen, ihr ihr Bischen Geld abnehmen, und sie sitzen lassen. Man kennt euch. Das gute Fräulein soll euer Opfer nicht werden! Es ist besser, sie heurathet ihren Oheim, als den Herrn Hauptmann, in Diensten der erlauchten Republik Lukka. — Das ist meine Meinung. Uebrigens — Ihre Dienerinn. [ab.]

Franz. Sehr viel auf einmal! Ach! 's ist ihr Ernst nicht. — Sie ist eifersüchtig, und das vergeht wieder, wie der Schnupfen. Ich werde eine poetische Epistel an sie absenden, und die Sache ist wieder ins Gleis. Also — werde ich auch Gelegenheit bekommen, mich im Felde der Heroide zu zeigen.

F   Funf=

Funfzehnter Auftritt.

Franz. Matthias (in Matrosen-Kleidern.)

Matthias. Da bin ich!

Franz. Du hast dich ja recht herausstaffirt! — Aber ein wenig schwarzbrauner muß ich dich malen.

Matthias. Bin ich nicht braun genug?

Franz. Gott bewahre! du bist ja über dreißigmal die Linie passirt.

Matthias. Also, zehn Dukaten?

Franz. Zehn Dukaten. — Die Hälfte, wird gleich pränumerirt.

Matthias. Aber nur auf 24 Stunden. Länger, kann ich mich nicht engagiren, weil ich morgen Nachmittag, auf zwei Tage, als Mohr, in die Dienste einer russischen Fürstin gehen muß.

Franz. Du bist ein Kerl, der sich auf das einträglichste Handwerk in der Welt gelegt hat. Du treibst das natürlichste Gewerbe, denn

<blockquote>
alles um und neben an,
ist nur zaubervoller Wahn,
ist Täuschung. — Und getäuscht zu werden
ist aller Menschen Loos auf Erden!
</blockquote>

(führt ihn in Hildegards Zimmer.)

Dritter Aufzug.
(Saal.)

Erster Auftritt.

Lina (kömmt mit einem Briefe aus des Kapitains Zimmer, und will nach dem ihrigen.) Ulrike (kömmt ihr entgegen.)

Lina.

Hier ist die Antwort.

Ulrike. (reißt den Brief auf, und liest.)

„Theuerste Ulrike!
Die Heurath des Herrn von Silberklee führt uns zum Ziel. Er muß Ihrem Besitz entsagen, und die Großmut des Fräuleins von Blumenberg, wird uns in die angenehmste Lage von der Welt setzen. Alles was ich thu, thu ich für Sie. Auf Ihren Besitz schränken sich jezt all meine Wünsche und Hoffnungen ein, und es giebt für mich nur ein Glück in der Welt, dies ist, mich ewig nennen zu dürfen :c. :c."

Lina,

Lina. Und Sie?

Ulrike. Du thust ihn vielleicht Unrecht. Sein Herz ist gewiß edel, und keiner Verstellung fähig.

Lina. Rechnen Sie nur auf Männerherzen! Das ist die leichteste Waare auf Gottes Erdboden, enballirt in Verstellung und Hinterlist, und läuft an, so bald sie nur ins Freie kömmt.

Zweiter Auftritt.

Vorige. Herr von Silberklee,
(kömmt zur Saalthür herein.)

Hr. v. Silberk. Was habt ihr da zu onversiren und zu delibriren? (vor sich.) Ich bin froh, daß sie nur noch da sind!

Lina. Wir sprachen von Ihnen.

Hr. v. Silberk. Von mir?

Lina. Ich habe mit dem Fräulein gewettet, und Sie können machen, daß ich die Wette gewinne —

Hr. v. Silberk. Wie so?

Lina. Ich habe mit dem Fräulein gewettet: Sie würden sie gewiß zu keiner Heurat zwingen.

Hr.

Hr. v. Silberk. Wie verstehst du das? was nennst du zwingen? Soll's etwa auf meine eigene Intention gehen, mich mit meinem Rikchen zu verheuraten?

Lina. Wahrhaftig! Sie haben's errathen.

Hr. v. Silberk. So kannst du nur bezahlen. Du hast die Wette verloren. — Nicht wahr Rikchen, wir heurathen uns?

Ulrike. Wie können Sie mir Ihre Hand bieten, die Sie schon längst einer andern versprochen haben. Das Fräulein von Blumenberg —

Hr. v. Silberk. Mit der will ich schon fertig werden. — In einer halben Stunde reisen wir ab.

Ulrike. So reisen Sie ohne mich.

Hr. v. Silberk. Ich dachte gar! was fällt Dir denn ein, liebes Rikchen?

Ulrike. Sie wollen das Fräulein hintergehen, wollen Ihre heiligsten Schwüre und Versprechungen brechen, und ich sollte die Mitschuldige solcher Verbrechen seyn? — Nein! — Ich reise nicht mit.

Hr. v. Silberk. Aber was willst Du denn ohne meine Unterstützung anfangen?

Ulrike. Mich auf die Grosmuth guter Menschen verlassen.

Hr. v. Silberk. Da bist du verlassen! Glaube mir's, ich kenne die Menschen! die Grosmut ist eine ausgestorbene Tugend, ein Phönix der nur in der Einbildungskraft der Romanenschreiber noch existirt, die Dir das Köpfchen auch mit dergleichen Raritäten schwindlicht gemacht haben. — Als Frau von Silberklee bist Du Besitzerin von anderthalb Millionen —

Ulrike. Ich gründe mein Glük nicht auf elendes Metall!

Hr. v. Silberk. Es ist aber der beßte Grundstein des Glüks heutzutage. Und, glüklich wirst Du doch zu werden wünschen?

Ulrike. Das! was Sie Glük nennen, ist in meinem Augen kein Glük. Der Einklang liebender Herzen —

Hr. v. Silberk. Geh mir mit Deinem Herzensklange! Lauter falsche Töne, liebes Kind! Gold, ist der harmonische Klang, der jedem Ohr schmeichelt.

Ulrike. Nicht dem meinigen! Es sollte mir sehr leid thun, wenn Sie wirklich glaubten, der Klang Ihres Goldes, könnte die Empfin-

Empfindungen meines Herzens so sehr übertäuben, daß die Gefühle desselben sich von demselben einschläfern liesen. — Wem ich meine Hand gebe, der muß auch mein Herz erhalten, den muß ich lieben. Liebe, aber nicht Metall, ist der Preis, um welchen man mit mir über diesen meinen einzigen Schaz, handelt. -

Hr. v. Silberk. Das sind lauter Schauspiel- und Romanen-Tiraden. Sie glänzen, aber sie sind wie die falschen Louisd'or, es nimmt sie niemand für baare Zahlung. Im lieben Ehestande, giebt sich das alles, wie das Griechische.

Ulrike. Sie haben eben so sonderbare Begriffe vom Ehestande, als von der Liebe. Ich kann in keinem Falle Ihrer Meinung seyn.

Hr. v. Silberk. Wenn Du meine sanften Zuredungen nicht annehmen willst, so nötigest Du mich ernsthaft zu reden. Du willst nicht mit mir abreisen?

Ulrike. Nein!

Hr. v. Silberk. Nicht?

Ulrike. Nein!

Hr. v. Silberk. Gut! — Erstatte mir die Alimentationskosten, und alles was ich seit beinahe zwei Jahren an Dich angewandt habe, denn bleib, und mach was Du willst. — Nun? — Nicht wahr, ich habe Mittel in den Händen, Dich zu zwingen?

Lina. Wissen Sie, was Sie sind? — ein unbarmherziger Mann!

Hr. v. Silberk. Unbarmherzig hin, unbarmherzig her! ich lasse nicht mit mir spielen, wie ein kleines Kind. — Nun? frisch! Resolution!

Ulrike. Ich habe nichts — Sie können nichts von mir verlangen —

Hr. v. Silberk. Ich halte mich an Deine Person, wie mann's mit bösen Schuldnern macht. Mit Dir, werde ich nicht viel Federlesens machen! Hurtig! Du mußt Dich entschließen, die Zeit ist kostbar!

(Es geschehen hinter der Szene einige Schüsse.)

Lina. Um des Himmelswillen! was ist das!

Drit=

Dritter Auftritt.

Vorige. Florentin (in Uniform, Pisto=
len im Gürtel, die Tabakspfeife im Munde.)
Matthias (auch mit der Tabaks=
pfeife.) Franz.

Florentin (noch hinter der Szene.) He=
da! — salutirt! — der Kapitain wird
schon antworten! (kömmt herein.) Wo liegen
die Leutchen vor Anker?

Franz. Kommen Sie nur.

Hr. v. Silberk. (sehr verlegen.) Hilde=
gards Bruder!

Florentin (zum Herrn von Silberklee.) Was
bist Du für ein Korsar?

Franz. Es ist der Herr von Silberklee.

Florentin. Der? warte Pursch! auf
dich mache ich eben Jagd. Steh! — Rede
und Antwort, oder ich bohre Dich in den
Grund, Kujon! — Warum hast Du mei=
ne Schwester im stillen Meere der Hoffnung,
allein gelassen? Antwort!

Hr. v. Silberk. Was habe ich mit Ih=
rer Schwester zu thun?

Florentin. Ich rathe Dir, nimm sie
an Bord, oder ich schiese Dich und Deine

Kajüte zusammen. [auf Ulriken zeigend.] Das ist gewiß das Fort welches Du blokirst? Zieh ab! — Mut, liebes Zitadellchen, es kömmt Entsaz.

Ulrike. Nehmen Sie sich meiner an!

Florentin. Das will ich. Hol mich der Teufel! Herr, wenn er sich nicht gleich mit meiner Schwester vereinigt, so giebt's ein Blutbad!

Hr. v. Silberk. Laßen Sie uns allein mit einander sprechen, und die Sache in Güte beilegen.

Florentin. Ich nehme die Unterredung an. Laßt uns alleine.

Ulrike. Ich rechne auf Ihren Beistand. Geben Sie nicht zu, daß man mich zu einer Verbindung zwingt, die ich nie eingehen kann, ohne ein bedaurungswürdiges Opfer der Grausamkeit zu werden, welche mir das Leben rauben wird.

Florentin. Nichts besorgt! Er soll die Belagerung aufheben, oder ich lasse mich und meine ganze Equipage von den Kannibaden auffressen, wie es meinem Freunde Kook, gieng.

Ulrike.

Ulrike. Sie sind mein Retter!
[mit Lina, in ihr Zimmer.]

Franz. Komm Schatz!

Matthias. Ich bin doch schwarz genug?

Franz. Ein wahrer Matthias Korvinus!
[gehen ab.]

Vierter Auftritt.

Herr von Silberklee. Florentin.

Florentin [setzt sich.] Laß hören, was Du zu sagen hast.

Hr. v. Silberk. Sie sehen die Unmöglichkeit selbst ein, Ihre Fräulein Schwester zu heurathen —

Florentin. Die sehe ich nicht ein.

Hr. v. Silberk. Sie kennen ihren Sinn —

Florentin. Ich kenne ihn nicht!

Hr. v. Silberk. Lernen Sie ihn kennen —

Florentin. Ich habe keine Zeit dazu.

Hr. v. Silberk. Ich will mich allen Bedingungen unterziehen, nur lassen Sie mich nicht das Opfer dieser Heurat werden.

Flo=

Florentin. Die erste Bedingung ist: Ein förmliches, schriftliches Versprechen auszufertigen, die Belagerung des artigen Zitadellchens aufzugeben, und sie sich ergeben zu lassen, an wem sie will und mag.

Hr. v. Silberk. Das kann ich nicht.

Florentin. Nicht?

Hr. v. Silberk. Unmöglich!

Florentin [steht auf.] Die Friedensunterhandlungen sind aufgehoben. Mach Dich schußfertig Herr Patron.

Hr. v. Silberk. Aber — ich will —

Florentin. Wir schießen uns herum, und damit Basta!

Hr. v. Silberk. Das thu ich nicht!

Florentin. So werf ich Dich über Bord, und breche Dir den Hals.

Hr. v. Silberk. Ja — wenn ich wüste — daß Sie sich billig finden ließen —

Florentin. Mach Dein Testament, und bet' ein Vaterunser —

Hr. v. Silberk. [zitternd.] Wenn ich von Ihrer Schwester loskommen könnte —

Florentin. Kömmst nicht los!

Hr. v. Silberk. Wenn Sie etwa mit einer Summe von 10,000 Thalern —

Flo=

Florentin. Wie?

Hr. v. Silberk. Wenn ich mich damit loskaufen könnte — ich wollte — ja wahrhaftig! ich wollte — mich lossagen — Ulrikchen nicht zwingen, mich zu heurathen —

Florentin. Ich nehme es an.

Hr. v. Silberk. [freudig.] Wirklich?

Florentin. Schreib den Schein, und bring das Geld.

Hr. v. Silberk. Den Augenblik!
[eilt in sein Zimmer.]

Florentin. Da fährt mir ein verdammter Gedanke durch den Kopf! — 10,000 Thaler? — ja! ja! sie thut's! Was ich für ein närrischer Kerl bin! — Ei! es ist der Mühe schon werth, sich zeitlebens ausser Nahrungssorgen zu setzen.

Fünfter Auftritt.
Florentin. Alexander. Fräulein Hildegard.

Alexander. Wie steht's?

Hildegard. Er ist doch determinirt worden?

Flo=

Florentin. Er kapitulirt. Den Entsagungsschein auf Ulriken, erhälst du.

Alex. Herrlich!

Hildeg. Meine Zusage breche ich nicht.

Alex. (küßt ihr die Hand.) Gnädiges Fräulein! —

Hildeg. Und in Rüksicht meiner?

Florentin. Er zahlt Ihnen 10,000 Thaler —

Hildeg. Was? 10,000 Thaler?

Florentin. Kein Heller soll an der Summe fehlen.

Hildeg. Sie sind ein Narr! — Ich will, ich mag kein Geld! einen Mann will ich haben, und dabei bleibe ich ganz seulement!

Florentin. Den sollen Sie auch haben.

Hildeg. Was reden Sie denn von 10,000 Thalern?

Florentin. Es hat alles seine Richtigkeit.

Hildeg. C'est une énigme pour moi!

Alex. Ich verstehe Dich wahrhaftig auch nicht.

Flo=

Florentin. Sie verlangen einen Mann? — Hier steht er.

Alex. } Du?
Hildeg.} Sie?

Flor. Wenn ich Ihnen eben so lieb bin, als der alte Herr von Silberklee. —

Hildeg. (verschämt.) Badinage!

Flor. Ernst, völliger Ernst! — die Zehntausend Thaler nehmen wir mit, welche Herr von Silberklee bezahlt. Er erhält sein Eheversprechen zurück, und Sie, erhalten mich.

Hildeg. Sie sind doch von Adel?

Flor. Von dem ältsten Adel den es nur immer in Holland geben kann. Mein Großvater war Gouverneur auf dem Kap, mein Vater, Rath in Indien, und ich, bin auf dem Point, Ihr Gemal zu werden.

Hildeg. Ihr Antrag — die Tournure, welche die Sache nahm — hat mich wirklich ein wenig stark dekontenancirt. Ich weis nicht, was ich mit meinem Herz' anfangen soll, welches man durch diesen coup überrumpeln will. —

Flor. Wagen Sie etwas bei der Heurat?

Hil=

Hildeg. Doch wohl!

Flor. Und was?

Hildeg. Ihr Entschluß, kam viel zu schnell! —

Flor. Ei bewahre! schon in Spaa fiel ich darauf Ihnen Herz und Hand anzubieten. Aber damals, taugte die Konstellation noch nichts. —

Hildeg. Jezt, ist sie freilich besser! — Ja! ich will die Ihrige werden, und durch die Beständigkeit meiner Liebe, dem treulosen Silberklee zeigen, wie glüklich er hätte mit mir werden können. Erlauben Sie, daß ich diese mariage par hazard, sogleich als ein Evenement en merveille in mein Journal einzeichne. — — Wegen des Aktus der Trauung — ich dächte, ohne alle Umstände. —

Flor. Ohne alle Umstände!

Hildeg. Und weil es einmal seyn muß, so bald als möglich! — Küssen Sie mich, mit dem ersten Bräutigams=Kusse. —

Flor. (küßt sie.) Ah! un bacio molto saporito!

Hildeg. (zieht einen Ring vom Finger und giebt ihn Florentin.) Hier ist das Siegel meiner

ner ewigen Treue. Ich weis, was die Medissance thun wird, ich sehe voraus, daß man mich furieusement beneiden, plagen, quälen und näcken wird, aber meine Liebe wuchert mit mehr als tausendfachem Ersaz; und ich bin sogar darauf gefaßt, daß man suchen wird, mich eifersüchtig zu machen: Qui n'a point de rivaux, est un être sans gout!

(ab.)

Sechster Auftritt.
Alexander. Florentin.

Alex. Ich muß wahrlich lachen, so nahe mir auch das Weinen ist.

Florentin. Ueber mich?

Alex. Ach! Du unglükseliger Koridon! Du bedaurungswürdiges Schlachtopfer des unglükseligsten Einfalls, unter allen Einfällen Deines ganzen Lebens!

Florentin. Nun! nun! übertreib's nur nicht! Jede Sache hat zwei Seiten, eine schlimme und eine gute.

Alex. Deine Affäre, hat nur eine Seite, vor welcher man die gute gar nicht sieht.

Florentin. Ich bin ein armer Teufel, muß mich in der Welt herum treiben, komme nie zu Athem, und habe ganz und gar keine Aussicht in die Zukunft. Ich trieb, was nur zu treiben war; war Spieler, Musikus, Fechtmeister, Tanzmeister, Soldat, Sänger und Redner. In dem Nachen dieser Künste, schwimme ich auf dem grosen Meere der Hoffnung her und hin und finde nirgends einen Ankerplaz. Der Nachen wird nach und nach leck, der Proviant geht auf die Neige, nirgends ist Land zu erspähen. — Da werde ich auf einmal eine reiche Gallione aus Potosi gewahr, was ist natürlicher, als daß ich mich an ihren Bord begebe, wenn mich der Kapitain aufnimmt, und mich noch dazu zum Theilnehmer seiner herrlichen Ladung macht. — Das Fräulein, hat über Vierzigtausend Thaler in Vermögen, Zehntausend Thaler von dem Alten dazu, macht Funfzigtausend. —

Alex. Sie sollte Sechszigtausend Thaler haben.

Florentin. Warum?

Alex. Damit sie jedes ihrer Lebensjahre mit Tausend Thaler verinteressiren könnte, denn Sechzig Jahr, ist sie wenigstens alt.

Florentin. Ei! ich wollte sie wär noch zwanzig Jahr älter, desto eher hätte sie die Gnade mich wieder zu verlassen.

Alex. Ach! Du armer Florentin!

Florentin. Mach mir das Herz nicht schwer.

Alex. Wie wird Dir's gehen.

Florentin. Und wie wird's ihr gehen!

Alex. Es wird eine vortrefliche Ehe werden!

Florentin. Ja! das Herz im Leibe lacht mir, wenn ich daran denke.

Alex. Ich glaube Dir's! Mir, könnte es vor Lachen, gar das Herz abdrücken! — Du kömmst mir gar sonderbar vor!

Florentin. Wie komme ich Dir denn vor?

Alex. Wie die Frau Justizia, blind, und mit der Goldwage. —

Florentin. Vergiß das Schwerd nicht. Dies Instrumentum pacis.

Alex. Verlaß Dich nicht darauf, Du könntest darüber gar Deinen Schaz wieder verlieren. Du kannst jezt weiter nichts thun, als dulden und schweigen.

Siebenter Auftritt.
Vorige. Matthias.

atthias (sieht mit dem Kopfe herein.) h etwa zuweilen ab= und zugehen?

orentin. Komm herein! — (giebt :lb.) Deine Rolle ist gespielt.

atthias. Sobald schon? ich habe ia gar noch nicht recht gezeigt.

orentin. Wir sind mit Deinem guten ı zufrieden.

atthias. Desto besser! — Wenn iich etwa einmal wieder brauchen sollten, iorgen bin ich wieder zu haben. Mein tier wissen Sie ja. —

lorentin. Ja! ich weis mehr, als eb ist.

atthias. Danke vor gute Zahlung! ich.) das war eine leicht verdiente Gage!
(ab.)

lorentin. Ich habe schon so man= i Abentheuer in der Welt bestanden, das jezige, ist das wichtigste, welches Zeit meines Lebens aufgestosen ist.

lex. Es kann Dir gar nicht leicht ein igeres aufstosen, denn es ist Funfzigtau= Thaler schwer. —

Fle=

Florentin. Ohne das Agio!

Alex. Da kömmt der Alte, der wird mächtig gucken.

Florentin. Er bringt schon die Spesen!

Achter Auftritt.

Vorige. Hr. v. Silberklee, Lina.
(beide tragen ein Körbchen mit Geldsäcken.)

Hr. v. Silberk. Hier ist das Geld. —

Alex. Und hier, ist Ihr Eheversprechen zurück.

Hr. v. Silberk. Den verlangten Schein, wegen Rikchen, habe ich ihr selbst überliefert.

Lina. Und sie, hat ihn recht gern und willig angenommen.

Hr. v. Silberk. (sieht das Eheversprechen an.) Was ich vor ein Dummkopf gewesen bin! mich mit Blute zu unterschreiben! das übrige Blut gerinnt mir in den Adern, wenn ich's recht überlege. —

Alex. (auf den Korb mit den Geldsäcken zeigend.) Es ist gar zu Metall geworden.

Hr. v. Silberk. Spotten Sie nur! — Sie sind auch noch nicht über den Berg.

Lina.

Lina. Nein! wahrhaftig nicht!

Florentin. Jezt haben Sie noch freie Wahl, wollen Sie dem Fräulein Ihre Hand reichen, so —

Hr. v. Silberk. Ich bin froh, daß ich noch so losgekommen bin. In Vertrauen, Sie hätten mich bis auf 20,000 Thaler treiben können; ich hätte alles hingegeben, um nur nicht das Fräulein heurathen zu müssen.

Florentin. Nun! so heurathe ich sie,

Hr. v. Silberk. Sie?

Florentin. Ich!

Hr. v. Silberk. Ein Bruder seine Schwester?

Florentin. Das Fräulein hat nie einen Bruder gehabt.

Hr. v. Silberk. Was? Sie haben mich also betrogen?

Florentin. Es kann alles wieder zurük gehen. (reißt ihn das Eheversprechen aus der Hand.) Heurathen Sie das Fräulein —

Hr. v. Silberk. Nein! nein! Ich bin mit allen zufrieden — Heurathen Sie, so viel Sie wollen — ich habe nichts dawider.

Florentin. Ich sakrifizire mich für Sie, Hr.

Hr. v. Silberk. Ich merke es!

Florentin. Das Fräulein bestand auf einen Mann — was war zu thun?

Hr. v. Silberk. Schon gut! — Ich bin einmal angeführt, was will ich machen? So lange mir aber die Augen aufstehen, warne ich gewiß jedermann vor den mit Blut unterschriebenen Eheversprechen, und vor den Hauptleuten, in Diensten der erlauchten Republik Lukka.

Neunter Auftritt.

Vorige. Fräulein Hildegard.
Luise (mit einem Kästchen.)

Hildegard. Herr Kapitain, (übergiebt ihm das Kästchen.) ich halte Wort.

Alex. (nimmt es.) O! Sie haben eine bezaubernde Art Wort zu halten!

Hildeg. (wird Herrn von Silberklee gewahr.) Mon dieu! mon cher Silberklee, wie alt sind Sie geworden! Ich hätte Sie bald nicht mehr gekannt.

Hr. v. Silberk. Man wird freilich alle Tage älter —

lbegard. Es kömmt nur darauf an,
nserviren zu wissen.

. v. Silberk. Das Konserbiren ver=
Sie!

lbeg. Nicht wahr?

r. v. Silberk. Ich habe es an der
zen Existenz des Eheversprechens gese=
(zu Florentin.) Geben Sie mir es wieder,
ll's in mein Familien=Archiv legen las=
mit einer Nachricht, was mir der Spas

orentin (giebt's ihm.) Das kann seinen
Nutzen haben.

ilbeg. (zu Herrn von Silberklee.) Sie
n doch unserm Hochzeitballe beiwohnen?

r. v. Silberk. Das Tanzen ist mir
gen. Ich habe schon ein wenig zu
ich den Herren ihrer Musik getanzt. Sie
mir verzweifelte Stükchen aufge=

lbeg. Noch immer so scherzhaft, wie
s!

r. v. Silberk. Ja! ich bin ein wah=
pasvogel!

orentin. Das sind Sie! denn im
e haben Sie uns doch alle zum besten.

Hr.

Hr. v. Silberk. Es ist nur gut, daß Sie es selbst sagen, man möchte es sonst nicht glauben.

Hildeg. (zu Florentin.) Diesen Abend noch, wird man uns auf immer vereinigen.

Florentin. Die Zeit wird mir lang genug werden!

Hildeg. Ich lese diese amorböse Liebesungeduld in Ihren Augen!

Florentin. Sie lesen sehr richtig!

Hildeg. Ach! ich verstehe mich inkomparabal auf die Augensprache! nicht wahr, mon cher Silberklee?

Hr. v. Silberk. Allerdings!

Hildeg. Nun, mon cher Capitaine? wie wird's denn mit Sie?

Alex. Das weis ich selbst noch nicht.

Hildeg. Betreiben Sie Ihre Affären nicht angelegentlicher?

Hr. v. Silberk. Das kann man ihn eben nicht schuld geben. Er hat Betriebsamkeit genug gezeigt!

Zehnter Auftritt.

orige. Moses. Franz.

Moses. [zu Franzen, der ihn zurük halten will.] nun! nur keine Gewalt!

Alex. Was giebt's?

Moses. Ich habe die Gerichtsdiener bei

Alex. Du bist ein Flegel!

Moses. Gottswunder! wenn alle Leute Flegel wären, die ihr Geld verlangen, säh' es da aus? — Mein Wechsel ist fällig — als Sie nun nicht zahlen —

Alex. [öffnet das Kästchen.] Hier ist dein Geld.

Moses. Gottswunder! — das hätt' ich nicht gemeint! Sie sind ein braver Kavalier, das muß sie Ihr Feind lassen. — Hier ist das Wechselchen — bin verobligirt —

Franz. Schaff die Eisenfresser draußen fort, oder ich schaffe dich fort.

Moses. Nun! nur gnädig! — Wir müssen uns auch noch sprechen! [geht hinaus, die Gerichtsdiener fortzuschicken, kömmt nach einiger Zeit zurük, und hält sich neugierig im Hintergrunde des Theaters auf.]

Franz.

Franz [spricht mit Luisen.]

Lina [äussert Unwillen, Verachtung und heimliche Schadenfreude.]

Hr. v. Silberf. Da kömmt ja endlich mein Rikchen —

Eilfter Auftritt.

Vorige. Ulrike.

Alex. Theuerste Ulrike! —

Ulrike. [zu Florentin.] Ihnen danke ich das Versprechen meines Herrn Onkels, welches er mir zu seinem eigenen Besten gegeben hat.

Alex. Verdanken Sie alles meiner Liebe!

Ulrike. Wir wollen aufrichtig gegen einander seyn, — Ich kann es nicht läugnen, daß mein Herz für Sie mehr als Freundschaft empfindet —

Alex. Wie glüklich macht mich dieses reizende Geständniß! —

Ulrike. Ich wär vielleicht noch vor wenig Augenblicken so unbedachtsam gewesen, einen Schritt zu thun, den ich ewig hätte bereuen müssen; — aber gewisse Nachrichten, haben mir Vorsicht angerathen. Man schildert

dert Ihren Lebenswandel nicht von der besten Seite.

Alex. Verläumdung!

Ulrike. Spiel und Liebesabentheuer, sagt man, wären die Grundlagen Ihres Unterhalts gewesen, und Ausschweifungen jeder Art, Ihre Divertissements. Von Ihren Alexandrischen Dameneroberungen, habe ich ein Pröbchen aus Ihrem eigenen Munde. —

Alex. Sie verwechseln Scherz mit wahrer Denkungsart.

Ulrike. Erlauben Sie mir, mich selbst von der Unwahrheit aller dieser Beschuldigungen zu überzeugen. Ich lege Ihnen nur ein einziges Probejahr auf. Ich werde Sie genau beobachten. Finde ich das, was man sagte, ungegründet, so sind Sie meiner zärtlichsten Liebe versichert. Wo nicht, so hat jedes von uns seine Wahl, sich einen neuen Gegenstand seiner Liebe zu wählen.

Hr. v. Silberk. Rikchen! küssen möchte ich Dich für Freuden! — Du sollst bei mir bleiben, mein liebes Rikchen, und nach meinem Tode meine Erbin seyn.

Florentin. Bravo, Herr Patron! — Gestehen Sie es nur selbst, daß es ein
unüber=

unüberlegter Streich war, das liebe Mäd=
chen heurathen zu wollen.

Hr. v. Silberk. Freilich, wohl! Al=
ter schüzt für Thorheit nicht! — Von jezt
an, will ich aber ein ganz anderer Mann
werden, und wenn Sie sich so betragen, Herr
von Rosenbach, daß Rikchen mit Sie zufrie=
den seyn kann, so will ich Sie herzlich gern,
als meinen Sohn, als den Mann, meines
liebsten Rikchens, umarmen.

Ulrike. Noch steht es Ihnen frei, ob
Sie die Bedingungen eingehen wollen, oder
nicht.

Alex. Sie haben meine Fehler, aber
nicht die Quelle derselben berührt. Meinem
Stande gemäs zu leben, muste ich freilich
oft die Zuflucht zum Spiele nehmen, da meine
Revenüen, —

Ulrike. Sie sagten mir oft von ihren
Rittergüthern vor. —

Alex. (fällt nieder.) Verzeihen Sie! ich
wollte Sie hintergehen! — ich wollte auf
Unkosten Ihres Vermbgens — (springt auf)
nein! verzeihen Sie mir nicht! Ich verdiene
Ihre Verzeihung nicht — ich bin Ihrer Liebe
unwürdig, — Daß ich Sie wirklich liebe
kann

kann ich Ihnen mit den heiligsten Schwüren versichern, und selbst diese freiwillige Aufopferung, sey Ihnen davon ein giltiger Beweis. — Werden Sie glüklich — überlassen Sie mich meinem Schiksal. —

(will fort.)

Ulrike. (hält ihn zurük.) Nein! Sie müssen mir die Probe versprechen, wenn Sie mich wirklich lieben. Mit diesem Geständniß kann ich Sie nicht unglüklich sehen, ohne es selbst zu werden. —

Hr. v. Silberk. Machen Sie keine Umstände! Geloben Sie Besserung, und bleiben Sie bei uns. —

Alex. Ach! Ulrike! Ihre Güte beschämt mich so sehr! —

Ulrike. Das soll sie nicht! Versprechen Sie, meiner Laune nachzugeben. Es ist ja nur ein Jahr!

Alex. Ach! ich verspreche alles, alles was Sie verlangen, ich will Sie von der Wahrheit meiner Liebe, von der Unverdorbenheit meines Herzens, überführen und meiner bisherigen Lebensart entsagen, zu welcher mich die Umstände so grausam zwangen. Das ist mein Trost, daß ich nie niederträchtig, nie

nie gegen die Grundsätze eines ehrlichen Mannes gehandelt habe.

Ulrike. Schlagen Sie ein!

Aler. (küßt ihr die Hand.) Theuerste Ulrike! —.

Zwölfter Auftritt.
Vorige. Hr. Simon.

Hr. Simon. Ich wollte mich nur erkundigen, ob die gnädigen Herrschaften heute gar nicht zu speisen geruhen wollen?

Hr. v. Silberk. 's ist auch wahr! d'rum wußte ich gar nicht, was mir fehlte, das Essen wollen wir doch ja nicht versäumen! — Gesegnete Mahlzeit! (will fort.)

Hildeg. Mon cher Silberklee! wär's nicht besser, wir speisten zusammen? —

Florentin. Und leerten ein paar Bouteillen Champagner auf unser Wohlseyn? —

Hr. v. Silberk. Eh bien!

Hildeg. (reicht ihm ihren Arm.) Voila!

Hr. v. Silberk. Aber — sans consequence!

Florentin. Das versteht sich. — Wir sind unzertrennlich!

Hil=

Hildeg. Seulement, pour l'amour ancienne!

Hr. v. Silberk. Eh bien!
(führt sie ab.)

Ulrike. Herr von Rosenbach! —
Alex. Gnädiges Fräulein? —
Ulrike. Haben Sie Bedenklichkeiten? —
Alex. Beschämen Sie mich nicht aufs neue! — (führt sie ab.)

Florentin. Meine Rolle war gespielt. Jezt geht ein neuer Akt an. Wollen sehen, wie er ausfällt, wenn die Gardinen aufgezogen werden, und die Ehestandsproben beginnen! Ich wette darauf, die Zuschauer bekommen Stoff genug zum Lachen und zum Applaudiren. Ich, bin der Held des Stücks, und als Ehegemal meiner reizenden Hildegard, muß ich mich scharmant ausnehmen! Ei! ei! das sind Aspekten en merveille!
(ab.)

Hr. Simon. Also — die gnädigen Herrschaften, wollen speisen?

Franz. Wie Sie hören! — Nur die Tafelmusik nicht vergessen, sonst schmekt mir und meinem Herrn, kein Bissen.

Moses. 's ist doch kurios anzuschauen!
Franz.

Franz. Bist du auch noch da?

Moses. Ja! muß mir der Herr doch noch eine Abbitte leisten, wegen meinem Esterchen, und daß er hat Reimchen auf mich gemacht.

Franz. Wann wir wieder zusammen kommen.

Moses. Daraus wird nichts! jezt gleich muß es geschehen, als ich nicht soll klagen.

Franz. Weist du was!

Moses. Nun?

Franz. Ich hab's nicht gern gethan, und will's nicht wieder thun.

Moses. Und das ist es alles?

Franz. Mehr kannst du nicht verlangen und wenn du mein Bruder wärst.

Moses. Das wär doch gewaltig!

Hr. Simon. Ich lasse also auftragen?

Franz. Das hätten Sie schon längst thun sollen.

Hr. Simon. Soll sogleich geschehen! Einstweilen: gesegnete Mahlzeit!

(ab.)

Franz. Nun? wie stehts mit uns? Da wirst mir wohl auch ein Probejährchen zugestehen?

Lina. Monsieur Franz, ist ja schon versagt.

Franz. Ach! das war nur Spas! nicht wahr Mamsellchen?

Luise. Mit mir wollen Sie spasen? Sie sind allzugütig! ich habe mir noch nicht die Müh genommen, mit Sie zu spasen. Lügen Sie nicht auf meine Rechnung, es möchte Ihnen nicht wohl bekommen. Gesegnete Mahlzeit! [ab.]

Lina. Sieht Er Monsieur! wieder eine Lüge. So ein Erzgeneral Windbeutel wie Er, darf sich gar nicht unterstehen, mir wieder unter die Augen zu kommen! Er kann zu seinet Ester gehen; Gesegnete Mahlzeit! [ab.]

Moses. Es ist doch ein Wunder, wie sie die Weibsbilder blamiren!

Franz. Das sind nur so verliebte Neckereien. Davon verstehst du den Teufel!

Moses. Ja! ich merk's! Sie machens gar spashaftig!

Franz. Die Mädchen, sind wie der April; heute so, morgen so; sie steigen und fallen oft sekundenweis, wie ein Thermometer. Im Grunde wissen sie immer selbst nicht

nicht was sie wollen, oder sie thun, als müsten sie es. Wie eine Magnetnadel laufen sie in einer Minute oft alle Striche durch, und wissen selbst nicht, bei was für Winde sie segeln.

Moses. Er schwazt da, wie ein Professor!

Franz. Wer weis, was noch aus mir wird. Ich habe ohnehin in Greifswalde zwei Jahr Humaniora studirt.

Moses. Gotteswunder!

Franz. Wenigstens könnte ich Vorlesungen über das weibliche Geschlecht, ihre Gesinnungen, Launen, Kaprisen und Leidenschaften, halten. Denn, experientia docet. Das Leben und Weben der Menschen, gleicht einem Schauspiele, und die Weiber sind die Machinerie in der Commedia famosa. — Merk dir das. Gesegnete Mahlzeit! [ab.]

Moses. Ja! kömmt mir doch alles selbst vor wie ein Schauspielchen, wie eine Kommödie. 's muß doch wohl wahr seyn! Man denkt's manchmal nicht, daß man was sieht, und es steht einen doch vor den Augen. Da sprechen sie: Sieht man doch den Wald vor lauter Bäumen nicht. — — Aber ist mir doch auch bald, als ob ich anfieng zu hungern. Hätten sie mich doch auch können hier zu Tische behalten, und mir etwas Koschers vorsetzen. Aber was ist zu thun? ich werde doch zu meiner Ester nach Hause gehen müssen! — [thut als ob er gieng, kehrt aber wieder um.] Aber, oser koser, bald hätt' ich doch ein grosen Fehler gemacht, und net gesogt: gesegnete Mahlzeit. [Ans Parterre.] Ich wünsche Ihnen auch ein gesegnetes Abendbrod, wünsche wohl nach Hause zu kommen, und Gott soll Sie lassen gesund seyn, tausend Jahr!

Prolog
zu dem Lustspiel
Liebesproben
gehalten
im Karakter der Ulrike.

Die Klippe aller Erdenkinder
sogar des Weisen selbst nicht minder
der auf dem grosen Weltmeer schift,
die angenehme Noth des Herzens süsses Gift,
die Krankheit ohne Rath, mit einem Wort:
     die Liebe,
der seligste und schmerzlichste Gewinn zugleich,
beseelt sie nicht mit gleichem Triebe
oft Jung und Alt, und Arm und Reich?
Sie sucht mit Ungeduld auch in Beschwerden
     Ruh,
in bangen Schmerzen, Lust, in Grausamkeit,
     Erbarmen,
deckt liebreich selbst mit ihren Rosenarmen
die grösten Fehler der Geliebten zu.
Sie wird in Angst begehrt,
in Hoffnung fortgepflanzt, in Furchtsamkeit ge-
     währt.

Wer liebt, wird auch geliebt. — Der Liebe Preis,
ist Liebe; — ihre Probe, ist zärtliche Beständigkeit.
Sie wuchert mit sich selbst, wer sie zu schätzen weis,
dem schenkt auf Erden schon sie wonnevolle Seligkeit.
Doch diese Probe — ach! wie wenige bestehen
im schweren Kampf mit Treu und Wechsel! — Leider!
ist nicht der Liebe Aether immer heiter,
ist nicht die Sonne, ohne Wolken stets zu sehn!
Wer nach der Liebe ringt, der ringt nur allzuoft nach Schatten
der Seligkeit, die, ach! so selten unterm Monde reift! —
Wohl dem, der Muth besizt, die Probe mit dem Preis zu gatten,
und nicht zu schnell nach einem Kleinod greift
das tausendfach in tausend Farben spielt!

Blinkt Euch auf dieser Erdenbahn der schöne Stern der Liebe,
habt Ihr den Einfluß des Gestirns gefühlt,
so denkt, daß oftmals auch die Trübe
der Wankelmuth den schönen Stern verdunkeln kann,
harrt seines Schimmers jezt gewiß,
bald auf des Lichtes Finsterniß,
dann habt aus Vorsicht Ihr gethan,
was nie Euch reuen wird. —

Wie

Wie selig, wer sich nie bei Liebesproben irrt!
Wie selig, wem das Loos getreuer Minne fiel!
Denn nichts gleicht besser einem ungewissen
         Spiel,
als Liebe. — Der rasche Würfel rollt,
Ein Auge, oder Sechse, wie's dem Glück
         behagt
das unvermutet oft die schönsten Gaben zollt,
oft auch, dem Spieler den Gewinn versagt.

So spielt man in der Welt. — Wir
         zeigen Euch den Spiegel
in welchem Ihr das sonderbare Spiel erblikt,
das uns bald ärgert, bald entzükt.

Gewährt Ihr uns das Siegel
getreuer Darstellung, den Lohn
des Beifalls, — dann haben wir, durch Eure
         Gütigkeit erhoben
auf unsrer Kunst so schmeichelhaften Thron,
von Eurer Huld die schönsten Liebesproben.